SHANGHAI LITERATURE & ART PUBLISHING GROUP

故事会
精品系列

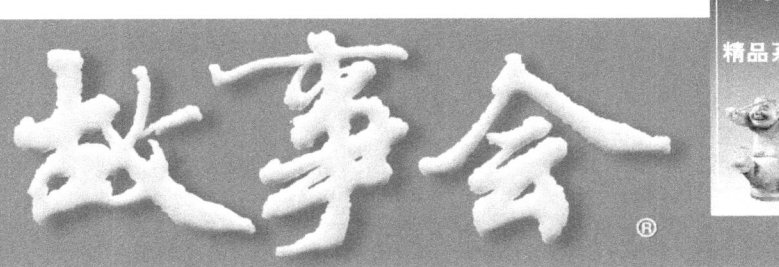

生意经故事

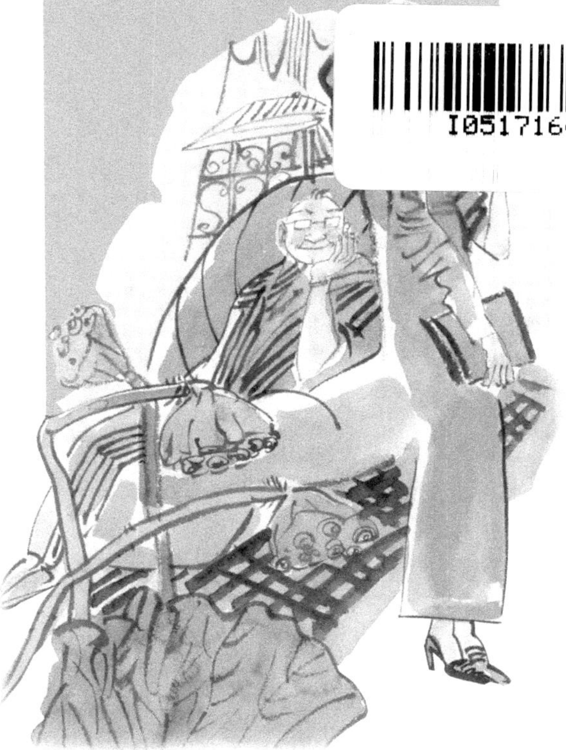

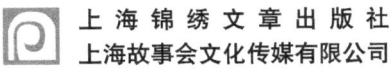

上海锦绣文章出版社
上海故事会文化传媒有限公司

上海文艺出版（集团）有限公司

图书在版编目（CIP）数据

生意经故事 《故事会》编辑部编 — 上海：上海锦绣文章出版社
（故事会精品系列） ISBN 978-7-5452-0183-3

Ⅰ．①生…Ⅱ．①故…Ⅲ．故事－作品集－世界 Ⅳ．I14

中国版本图书馆 CIP 数据核字（2008）第 181327 号

丛 书 名：故事会精品系列

书 名：生意经故事

主 编：何承伟

编 委：何承伟 吴 伦 姚自豪 夏一鸣

责任编辑：刘迎曦 鲍 放

装帧设计：王 伟

责任督印：张 凯

出 版： 上海锦绣文章出版社

上海故事会文化传媒有限公司

POD 海外发行： 中国图书进出口上海公司

电话：021-36357888

传真：021-36357896

地址：上海市虹口区广中路 88 号

邮编：200083

目　　录

人 才 为 先

一个人的实质,不在于向你显露的那一面,而在于他所不能向你显露的那一面。

很久很久以前，南京城里有家大绸缎庄，生意特别兴隆，白天顾客络绎不绝，接应不暇，夜晚发送货物的船只上百艘，十分繁忙，就连皇家所用之物也多购于此。

南京城不少商贾老板对此大感奇怪：这家生意为何这样兴隆？他的经营绝招何在呢？

其实，这家绸缎庄的老板并没什么绝招，只不过有一位远近闻名、颇有经营之术的大总管。

这位大总管姓宋名况兴，五十多岁。传说他一年只睡三天觉，哪三天？大年初一，七月初七和九月重阳。除此之外，他日夜忙碌，连个盹也不打。

不打盹不等于不养精神。他有个怪癖，养精神的时候，往躺椅上一靠，其他人都得屏气敛声，就连猫儿的脚步稍重一点都会惊得他暴跳如雷。

因此，在他养精神的时候，所有的人都躲得远远的，就是东家也不敢惊扰他。

这年九月重阳的第二天，宋总管找到东家，要求辞职。

东家一听吓坏了！你想，这么大一爿店的生意，一刻也离不开他，如果没有这位才干出众的大总管，五湖四海的大客户就会丢掉一半。

宋总管就是东家的财神，他能让他走吗？

于是，东家说道："总管，有什么对不住的地方，有啥不称心的事，您只管说出来，我一定照您说的办。"

宋总管见东家态度这么诚恳，就如实地说出辞职的因由。原来，昨晚他睡觉时，因床上有一根头发，硌得他一夜没有睡好觉，害得他头昏脑胀没精神。

东家一听，哭笑不得。他以为出了什么大不了的事，原来是为了一根头发。

天哪！一根头发竟扰了他的瞌睡，这总管也真够"娇"的了！

东家再仔细打量了一下总管，不禁大吃一惊！

只见他脸又黄又瘦，几根稀稀拉拉的山羊胡子干得像苞米须似的，两眼布满了血丝。如此憔悴的面容，足以说明他睡眠不足，劳心过度。

东家视总管如财神，自然不敢怠慢，于是，就把侍候总管的几个仆人找来，狠狠地训了一通，并吩咐他们，以后要格外小心侍候，若再发现床上有头发之类会惊扰总管睡眠的事情发生，就把他们统统开除。

几个仆人既怕又有点想不通。他们心想：就是皇上的御榻，也不敢保证没有头发落在上面。一根头发咋能硌得他睡不着觉呢？

宋总管见东家如此重视自己,也就不再提辞职的事了,他像往常一样,尽心尽职地照管好生意。

事情过去了一个多月。

这天,柜上突然失火,大火把店里半年来的账目全烧成了灰烬。半年来的收入,特别是外边各大商号欠的货款,可不是个小数目,东家急得哭天叫地、捶胸顿足。

此时,只见宋总管不慌不忙地说:"东家,这点小事,何必如此?"

东家哭道:"这一下足可使我倾家荡产,你还说是小事,岂非戏笑于我!"

宋总管胸有成竹地说:"东家别急,半年来柜上的收支、来往账目都在我心里记着。"

东家问:"你说的当真?"

"不信你让账房先生抄写,我来背述,管保无一遗漏。"

东家还是半信半疑,可事情到了这个份上,也只好如此,便挑选了三位最精明的账房先生,由总管一一背述,三人抄记。

几个人干了足足七天,把半年来的账目重新按总管的记忆背述抄记下来,整整有十几本。

东家立即命伙计按账目分头到各地与商号核对,竟无一笔差错,就连年月日也与对方账目吻合无误。

东家见此,感激涕零,对宋总管连声道谢!

账目核对完毕,宋总管累病了。

他第二次提出辞职回乡。

东家无奈,只好忍痛割爱,送他返家。

半年之后,东家仍思念宋总管,便带了家人前往看望。

主仆两人走到村头,老远看见一人睡在刚犁过的垡子地里,走近一看,竟是宋总管,正睡得鼾声如雷、香甜不已呢!

东家不敢惊扰，就坐在旁边等候。

等宋总管醒后，东家奇怪地问："宋总管睡在铺锦盖绣的卧榻上，一根头发竟硌得你彻夜难眠，如今在这垡子地里为何能睡得这样酣甜呢？"

宋总管笑了笑，说："我受你之托，忠你之事，日夜提心吊胆，生怕出了纰漏，铺子里千根线，我手里一根针，不敢有半点疏忽，呕心沥血，神扰意烦，故而经不起毫发之扰。如今我无职一身轻，神安意憩，无牵无挂，自然随遇而安、身心通泰！"

东家听后，想了一会，猛然大悟："哦！我明白了，不逐名利，不为身外之物所累，物游天境，心静就是福啊！"

（江 瀚 整理）

罗老板赔情

从前,罗田有个姓罗的生意人,发财后,在汉口开了一家商号。罗老板请了一位同乡任采购员。此人姓毛,名智。自从毛智来后,罗老板的买卖是越办越兴隆:前屋柜台卖布匹,顾客盈门;后院开设粮栈,大车小车卸运粮食,可谓车水马龙。罗老板连睡觉都笑醒,成天乐得像个弥勒佛。

这年刚刚入冬,毛智跑了好几个地方,了解到板炭奇缺,要的人不少。回到商号后,他就与罗老板商量。罗老板觉得有利可图,立即同意了毛智的看法,并委托毛智经办此事。

毛智带足钱,来到大别山板炭之乡天堂寨。一到目的地,毛智就打听行情,可是炭民们都说,今年购炭人很多,早把他们的板炭订下了。毛智一听,心里很沉重,没想到这次行动不顺利,于是他独自一人闷闷不乐地在外转悠。不知不觉到了一个村头，毛智见一位老人在编竹篓，就上前询问："大伯，你这竹篓干啥用？"

老农回答说："装板炭呀。"

"装板炭？"真是说者无心，听者有意。毛智暗自思忖：眼下人们忙于购炭，却无人购篓，我何不先把竹篓都买下来？他想好了这步棋，就把炭窑方圆两三里地所有的竹篓全买了下来，然后打发同来的人，回去告诉罗老板。

罗老板听说毛智板炭没购成，却买下大批竹篓，立即大怒，骂毛智是个败财精，把钱丢水里去了。于是怒气冲冲赶到天堂，不管三七二十一，把毛智辞退了。

然而，那大批竹篓，钱都付了，无法退去。罗老板心痛地看着堆积如山的竹篓，只有连连叹息。

就在罗老板觉得这大批竹篓留着无用、烧了又可惜的时候，所有购下板炭的客户纷纷来找罗老板，要买毛智买下的竹篓。罗老板正愁没法处理，见是个好机会，顿时喜出望外，就把竹篓全部卖了。因为他是个生意人，懂得人们急需购篓时的心理，所以在出售竹篓时适当地抬了一下价，后来一算账，居然比原计划贩板炭挣的钱还多。罗老板怨自己有眼不识泰山。后悔把毛智赶走了。

从天堂寨回来，罗老板备了贵重礼物，亲自上毛智家，向毛智赔情，并请毛智重返商号。

从此，毛智当上了罗老板的大掌柜，为罗老板的生意发展屡屡立下汗马功劳。

（王松平）

小厂长求贤

故事发生在八十年代初。

在上海光明路光明里 18 号,有个老头叫王生泉,因为他身怀绝技,那种做工不到家的皮子,只要经他过过手,马上就"妙手回春"。他是上海滩皮革行业中的"一只鼎",三十年前,大家就称他为"皮老虎"。

如今,皮老虎退休在家里安度晚年了。可是,近两年他的日子却过得并不安宁,市内的、市外的、本地的、外地的,跑上门来请他这位"财神"的人就没断过。谁晓得皮老虎和这些客人说不上十句话,就吹胡子、瞪眼睛、拍桌子、打板凳,把人家轰跑了。于是"犟老头"、"怪老头"、"摸不得的老虎屁股"等种种说法,又在皮革行业中传开了。

巧得很,这事儿三传两传传到了上海郊区泾塘皮革厂28岁的小厂长陈鹤鸣的耳朵里。最近才走马上任的小陈厂长,正在为厂里产品销不出、工资发不出、贷款还不出,急得焦头烂额,一听有这么个人,他猛地一拍大腿,连叫三声"好、好、好"。

大家奇怪地问他是咋回事?他说,他决定亲自去皮老虎家请"财神"。

大家一听"噗嗤"都笑了。

有个和小陈很熟的同行走到他面前,用手搭搭他的脉,看看他的脸,摸摸他的额角头,然后"嘻嘻"一笑,说:"脉搏正常,面孔不小,额角头也高,想得倒美呢!不过闲着没事,去寻寻开心也好!"

小陈一本正经地说:"谁有心思寻开心?我明天就去,哪怕他是真老虎,我也要去摸摸他的屁股,揪着他的虎须,请他下山来。"

第二天,小陈果真去皮老虎家请财神了。他背着挎包,穿过38条马路,钻了21条弄堂,七转八弯,东问西问,终于找到了皮老虎的家。

小陈抬头一看,这是一幢石库门房子,两扇黑漆大门紧紧闭着。小陈定了定神,走到门前,"当当当"轻轻叩了三下门环。

过了一歇,门"吱嘎"打开半扇,一个六十岁左右的老太太伸出头来问道:"找啥人?"

小陈连忙笑容可掬地说:"王生泉师傅在家吗?"

"不在家。"老太太嘴里说着就要关门。

小陈想:人还没见影子,就来个闭门羹,果然名不虚传。他急忙一手挡住门,一脚就跨进门里,说:"我是从郊区赶来的,王师傅不在家,我就等等吧。"说着,他也不管女主人同意不同意,走进屋里,一边对老太太说明来意,一边顺手拿过一张小方凳,靠墙坐下,笑嘻嘻地说:"那我就坐等吧。"说完从挎包里拿出一本书,定定心心地看了起来。

一刻钟,半个钟头,眼看快三刻钟了,小陈仍然不急不躁,定心地看书。

他不急,女主人老太太可耐不住了,她到里面转了一圈,手里提了一只竹篮子出来,对小陈说:"同志呀,真对不起,老头子不晓得到哪儿去了,还不知道啥时能回来,你下次再来吧,我要出去买点心呢!"

小陈一看,唷! 下逐客令了,他站起身,笑嘻嘻地放下手里的书,走出门,到对面搬了几块砖头,往门口一放,说:"你就是王师母吧? 你自管去,我就在这门口坐等王师傅。"

哪晓得小陈话音刚落,只听得从楼上传来一个瓮声瓮气的声音:"谁呀? 真的非要见我吗?"

小陈一听这口气,就知道是皮老虎,抬头一看,只见从楼梯上慢吞吞地下来一位瘦骨嶙峋的干瘪老头

小陈马上迎上去,正要开口,老头摆摆手问:"你是厂长?"

"嗯。"

"今年几岁了?"

"28 岁。"

"哦,年轻有为啊。办厂是好事,可也是件难事。"皮老虎说着,顺手指指箱柜上的一只老式皮包,问:"这是什么皮做的?"又指指小陈脚上的皮鞋,问,"这皮长在猪猡的什么部位?"

真是三句话不离本行,他一连问了好几个"什么",问得小陈张口结舌,答不上来。

皮老虎阴沉着脸,随手拿过一只装了半瓶醋的瓶子,摇了摇,"砰"朝小陈面前一放,袖子一甩,回转身"噔噔噔"上楼去了。

王师母忙对小陈说:"同志,不是大妈我这么大年纪编谎话骗你,我晓得这老头子就是这不阴不阳的怪脾气。以前来的几

位,也是这样被他吓跑的,你可别在意呀!"

小陈愣了愣,马上似乎就明白过来,仍旧笑嘻嘻地提高嗓门,对王师母说:"王师母,王师傅做得对,请转告王师傅,我把这半瓶醋拿回去,等装满了,我再来。"说完,头也不回地离开了皮老虎家。

这就是小陈小厂长一请皮老虎。

小陈回去后做啥呢?谁也不晓得。

日子过得飞快,一眨眼两个星期过去了。这天一清早,小陈又去请皮老虎了。这天天气特别冷,天上还飘着雪花,小陈跳上自行车,脚登得嘴里哈热气,鼻尖上冒汗珠,他一口气踏到皮老虎家门口,支好车,"当当当"又叩响铁门环。

一会儿,门又启开半扇,王师母探出头一看是小陈,立即微笑着把他让进屋,端过一只小方凳,让他坐下,还倒了一杯白开水放在他面前,说:"老头子出去打拳了,你等等。"

过了一会儿,只听门一响,从门外走进一位"皮人",只见他头戴皮帽,身穿皮袄,脚登皮靴,手套皮手套。

小陈一看,进来的正是皮老虎,他赶忙站起来,恭恭敬敬地叫了一声:"王师傅,你早!"

谁知皮老虎好像没听见,毫无表情地脱下手套。

小陈上前接过手套说:"麂皮手套又轻又软。"

皮老虎摘下帽子,小陈又接过来,挂上衣架,说:"狍皮帽子好暖和。"

皮老虎脱下皮大衣,小陈接过来,看了看,说:"羊皮面子猫皮胆,好一件皮大衣。王师傅,你的小牛皮靴子也该换上那双猪皮拖鞋了。"

小陈接过一样说一样,皮老虎却装着啥也没听见。他换上猪皮拖鞋,就往堂屋当中的沙发椅上一坐,摸出香烟抽了起来。

小陈看得出,这老头虽然金口未开,可脸色已"多云转晴",

八九分对自己刚才的表现有点满意,于是他开门见山,邀请老头出山。

皮老虎听了小陈的话,盯着小陈看了起来,看着看着,突然问道:"你们养得起我吗?"

这句没头没脑的问话,倒把小陈问懵了。但毕竟是年轻人,脑子活,他立即眉飞色舞地说起来:"怎么养不起?我们队里是鱼腥虾蟹河中游,四季果瓜配胃口,鸡、鸭、鹅、蛋家家有,大米饭烧得糯悠悠。至于工资嘛……"

"住口!"小陈正说得起劲,突然,皮老虎一拍桌子,猛喝一声。

这一声惊得小陈煞住话头,瞪着两眼望着皮老虎直发愣。

皮老虎从椅子上猛地立起来,抄起一把扫帚,说:"你再讲下去,我就把你扫出去!"说着,他把扫帚一丢,说,"要我帮忙可以。'兵马未动,粮草先行,'这个道理你懂不懂?给你三天时间,去搞三千块钱来。少一分也不行!"说完,又一甩袖子,转过身,"噔噔噔"上楼去了。

看着皮老虎的背影,小陈心中暗暗思量:他开口要三千元干啥呀?嘿,"不开口,神仙难下手"。今天只要你开口肯出山,别说三千元,就是六千元,我也心甘情愿。

王师母看小陈僵着不动,心里过意不去。她一边送小陈出门,一边说:"唉,这死老头,就是这个耿脾气,得罪了不少人,也吃了不少苦头。耿劲发起来,九条牛也牵不转来。去年不知为了啥,把公司两位经理都得罪了。说除非让他当经理,否则不干,就这样,袖子一甩,退休了。唉,人退休了,他的心可没有退休!整天嘀咕个没完。小陈同志啊,老头脾气坏,可心眼好呀,他不是那种贪财的人哪!你不要生气,啊!"王师母唠唠叨叨一直把小陈送出弄堂口。

小陈第二次也没有请动皮老虎,却背上了要在三天内弄到三千元的包袱。

这三天,可把小陈忙坏了,只见他骑着自行车跑东家、串西家,走亲戚、访朋友,每天忙到深更半夜才回家。

这天晚上一进家门,他就兴奋地嚷着:"好了,好了! 钱凑齐了!"

哪晓得妻子却擦着眼泪说:"还好呢,成天皮老虎、肉老虎的,家里事一点不管,晒台栏杆也不弄弄好,今天幸亏有个过路的打鸟人救了兰兰,不然孩子不摔死也得成残废! 呜呜呜……"

小陈一听,大吃一惊,急忙过去看看睡熟了的女儿兰兰,捏捏她的手脚,又抚摸了一遍,见没伤着,就在女儿的小脸上亲了亲。

第三天中午,小陈背上鼓鼓囊囊的包,骑车按时到了皮老虎的家。王师母一听门环响,就忙开门把小陈让进屋。

皮老虎已经坐在那只沙发椅上了。

小陈走到他面前,拉开拎包,取出一叠钞票,说:"这里是现款 1800 元,请王师傅过目。"

接着,他又掏出一只布包,一层一层打开,最后打开手绢包的一层,只见里面是光闪闪、亮铮铮的 12 只各式各样牌子的手表!

小陈指着手表说:"师傅,我们现钞没凑齐,就用这 12 块手表充个数吧,这可是我们请你出山的心呀! 我们厂实在……"

"别讲了!"皮老虎打断了小陈的话,用手把桌上的东西往旁边一推,一扬手,叫老伴拎过一只非常精致的旅行皮箱,"啪"打开。

小陈只觉眼前一亮,喵,里面放着各种色彩的皮革样品,看上去又光滑又细腻。小陈用手去摸摸,感觉皮质又柔软又有弹性,他想:要是我们厂能出这样的产品就好了。

谁知皮老虎又"啪"一声合上皮箱,看了看手表,对小陈说:"厂长同志,告诉你一个信息,皮革市场交易会,今天是最后一天。现在是十二点半,限你在四小时之内,用这些样品去签订十万元合同,如果签不回来,就不必再来见我了。"皮老虎说完,又转身"噔噔噔"上楼去了。

小陈拎着皮箱,跨出大门,推上自行车,心里感到沉甸甸的:自己三次上门来请皮老虎出山,可他老是变着法子难自己。就说眼下,从皮老虎的家到皮革市场,骑车来回最快也得四小时,别说做生意了;再说,我前几天已经在皮革市场转过几次了,我这只熟面孔带去的样品,人家早就见过了,今天拎着这箱样品去,这生意怎么做呢?小陈一面走,一面紧皱眉头在动脑筋。

不说小陈在犯愁,这回皮老虎在家也有点坐立不安了,眼看时间一分一分地过去,现在已是下午四点二十分了。皮老虎叫老伴把两扇黑漆大门都打开。

唉!这位年近花甲的老人,虽有一手制皮革的绝招,可是风风雨雨几十年过去了,绝招没很好使上,还被戴上了"右派"帽子。前几年落实政策回到原单位,他高兴得劲头不减当年,谁知领导上却把他安排在公司抓后勤。皮老虎毛遂自荐要当经理,人家背后说他"尾巴翘上天"了。公司一个不懂行的副经理出国与外商谈生意,结果把一批国际市场上的滞销皮革买回来,放在仓库里睡大觉。皮老虎心痛呀,这不是拱手让外国人赚了钱?他一气之下回家了。

后来像走马灯似的来人登门请他出山,可一交谈,来者都是些"半瓶醋",把他气坏了!可是自从小陈登门,他从这个年轻人身上看到有一股惊人的钻劲,不由暗暗喜欢上了。可是这泾塘皮革厂到底是啥样子呢?皮老虎决定来一次私访。他跑去一看,乖乖,那算什么厂呀,不过是几间破草棚!然而,这倒使皮老虎更加佩服这青年人有狠劲、有志向。可是,这个青年人做事有没有信用?工作作风泼辣不泼辣?将来能不能和自已合作？于是,他就出了个在四小时内要签订十万元订货合同的难题,对小厂长再试一试。

"当——"柜上的老式座钟敲了一下,已经是四点半了。

这时,忽然听到门外"笛笛"响起了两下汽车喇叭声,王师母赶忙出门去,一看,从车里走出一位客人,只见他身穿黑色哔叽西装,脚登小方头皮鞋,鼻梁上架着茶色航空眼镜,正笑吟吟地走进门来。

王师母眯起老眼打量着这位不速之客。

皮老虎早就一眼认出,急忙问:"陈厂长,生意做得怎么样?"

小陈摘下眼镜,松开扣得透不过气来的领带,一边揩汗,一边高兴地说:"王师傅,你的计策真高明,我佩服你了,十万元订货合同,顺利完成!"

"好!"这时,皮老虎的脸上第一次露出了笑容。

小陈说:"王师傅! 今天我可是名符其实地'扯着老虎尾巴在抖威风',这样品是你给的,合同可是我签的,到期要是交不出货,那……"

皮老虎把手一扬,慢条斯理地伸手从口袋里摸出一只香烟盒子,"啪"打开,从里面抽出一张纸,递给小陈。

小陈接过来一看,啊! 原来是一张原皮提货单,上面清清楚楚地写着,已付定金三千元整!

小陈万万没有想到,皮老虎要三千元是为了购买生产原料。对呀,这就叫"粮草先行"嘛!

小陈激动地握着皮老虎的手说:"王师傅,那你什么时候下乡来? 我来接你。"

皮老虎没有回答,他又慢条斯理地拿过一个包,从里面拿出 1800 元钱和 12 只手表,塞到小陈手里,说:"你还是先回去把你家阳台上的栏杆装装好吧,可别再让你的女儿摔下来了。"

"王师傅,你到我家去过了？噢！你就是那位打鸟人,对吗?"

皮老虎没有答话,他笑呵呵地冲着小陈一甩袖子,就要回身上楼。

小陈急忙一把拖住皮老虎:"王师傅,那出山当顾问的事……"

"我不是已经顾问了吗？我的小厂长!"

一年后,泾塘厂果然翻身出了名,小厂长三请皮老虎成为佳话传开了。

(昌 萍 希 钧 凌 耕)

蛇宴馆招聘

　　平山市中心新开了一家"龙宴蛇餐馆",也是这座城里唯一经营蛇餐的高级餐馆。说来也叫怪,从古至今很少吃蛇的中原人,现在几乎天天把这家蛇餐馆挤破了门。吃客太多了,生意太好了,把蛇餐馆里的人上上下下忙了个不亦乐乎。蛇餐馆经理邵成龙见此情景,决定用高薪面向社会招聘一名餐馆接待部主任。

　　招聘广告通过市电视台播出后,一百名的报名限额在第三天就额满了。随后,医院体检淘汰了一半,文化考试又淘汰了一半,剩下的二十五人再经过经济、市场、经营等业务知识的口头答辩,能参加下一轮复试的只有五位。

　　这天早上七点钟之前,五位收到复试通知的应聘者早早来到了餐馆,由年轻的女招待领到楼上一个装潢豪华又雅致的大餐厅里。

五位应试者刚刚坐下,就见又出来五名年轻女招待,每人手里都托了一个荷叶式汤盘,盘里是一大碗色如脂玉、香气扑鼻的蛇汤,放在每位应试者面前。

这时,那位领他们上楼的女招待彬彬有礼地说道:"你们五位还没有用过早点吧?我们经理昨天晚上交代过,你们今天来得早,请你们先用蛇汤。我们经理今天早上要去车站接一位广东客商,至少要晚到半个小时,还请各位谅解。"

七点三十分,经理邵成龙来到餐厅。邵成龙年龄约二十七八岁,中等个儿,西装革履,一脸聪明相。他走到餐桌边,在五位应试者对面坐下来,寒暄之后笑问道:"你们对本餐馆的蛇汤印象如何?"

应试者们以为这就是复试的开始。第一位忙起身,点头哈腰地对邵成龙笑道:"别提这蛇汤的味道有多美了!邵经理通知我们来复试,还特意准备了蛇汤给我们当早餐,这份情意,能叫我不为您邵经理甩开膀子豁出去干一番事业吗?"

邵成龙含笑点点头,心想:这是个马屁精!

第二位应试者也站起来,跷着大拇指说:"邵经理!说心里话,这蛇汤的味道简直可以和广州蛇餐馆媲美!难怪来过这儿的人都想再来第二回呢!"

邵成龙含笑点头,心想:此公乃人云亦云之辈!

第三位应试者,指点着自己面前的汤碗,摇头晃脑地说:"邵经理!要说这蛇汤嘛,味道好极了,是正宗货!不过,我们可是身处中原地带呀!本地人有本地人的口味和习惯,因此我想,或者叫建议也可以,如果在蛇汤里放上点葱姜炝锅,会不会更合中原人的胃口呢?"

邵成龙听得差点皱起眉头,心想:此公聪明外露,故作精明,简直是乱点鸳鸯谱!

第四位是五位中唯一一位女同胞。她笑笑说:"邵经理!我吃这碗蛇汤,感觉味道挺纯正。关键是我们端给顾客的蛇汤,每一碗都要能像这样保质保量,我们的蛇餐馆就会保持兴旺发达的好势头啦。"

邵成龙含笑点头,心想:这位以后兴许是个"把家虎",她倒是人还没到,心先落到我们蛇馆了。

第五位是个二十四五岁的小伙子,中等个头,比邵成龙略瘦一点儿,长相两人倒是相近。他抬起头来,语气平和地对邵成龙笑道:"邵经理!这蛇汤的味道应该说是挺鲜美的,不过,我是头一次品尝,多少还有点不适应它的味道。因此我想,来餐馆用餐的人,各人口味不一,对酸、甜、苦、辣、咸的味觉适应能力不会是一样程度的,这样嘛,我们餐馆的菜只要做出自己的风格,很快就会吸引来大批顾客的。我进一步想,我们蛇餐馆所以受到顾客的欢迎,正是因为菜肴别具一格,这也正是蛇餐馆的优势所在。"

邵成龙连连点头,满脸是笑,心想:这小伙子够我们蛇餐馆经理的材料!他当即留下第四位和第五位应试者进行复试。

留下来的两位,接过了邵成龙从皮包里拿出来的两张复印纸试卷。打开一看,卷面上是一幅画,画的是一个成十字交叉形的木桩,上面一字成排地停落了九只小鸟,木桩不远处的空地上有个核桃大小的石子,还有一个藤编的簸箕。图画的下面,有"看图有感"一道题目,并且作了以下的答卷要求说明:文字限一百字以内,时间限 20 分钟以内。

邵成龙看看手表,说:"请两位准备好,现在开始,我计时了。"

20 分钟,在两位答卷者的书写中很快过去了。

邵成龙先看女士的答卷。上面这样写着:开餐馆做生意好比是打鸟。木桩上停有九只鸟,若是捡起地上的石子去打,打到的只是一只,飞走的是八只。若是捡起地上的簸箕,支上撑杆,引下九只鸟来,就可以把它们都罩住。蛇餐馆应设法招引来众多的顾客,而不能只注重于过分讲究口味的少数人!

邵成龙把男士的答卷展开,他这样写着:餐馆视顾客为上帝。落在十字架上的那九只鸟就是上帝。如果我们捡起地上的石子去打伤一位上帝,另外的八位上帝也就飞走了。因此我们应该扔掉石头,捡起簸箕,用它盛来麦粒撒在门前,把十字架上的上帝都招引到我们这里来。"

邵成龙看完小伙子的答卷,一把握住他的手说:"阁下,恭喜您,您入选了!"

小伙子看看站在一旁的女士,关切地问:"那么,邵经理! 她呢?"

邵成龙马上对女士笑道:"您也是百里挑一的人选。如果愿意,也可以来当个接待部主任助理,不过,月薪减半。"

女士"扑哧"一笑,"我才不来呢! 告诉您,您高薪聘用的这位主任是我的老公!"

邵成龙大惑不解:"怎么?"

女士开心地一笑:"邵经理! 所谓有比较才有鉴别。这回,我是存心来为我老公作陪衬的啦! 红花能缺绿叶扶吗?"

(聂建长)

　　亚飞皮鞋厂前年买下一项专利,产品投入市场,的确红火过一阵。怎奈市场风云变化莫测,还没出一年,一些类似产品就纷纷上市,使得亚飞皮鞋厂销路锐减,新厂长急得几天来没睡过一天囫囵觉。

　　这天,新厂长一上班便把销售科副科长王浩叫到自己办公室,说目前急需筹集20万元资金购买原材料,要他设法在本月内多销出几千双"省力皮鞋",以解燃眉之急。

　　在谈到资金回笼时,新厂长特意强调:目前一些不法分子利用生产厂家急于打开市场的心理,用赊债不还的方式进行诈骗,因此,对新老客户一定要坚持现款现货的原则。另外,他还要王浩特别提醒他们销售科的科长,'酒迷糊'邱云甫,千万不要酒后误事!

邱云甫在厂销售科干了多年,论工作经验倒是不少,可就是爱喝两盅,据说一喝就爱犯迷糊,睡着了十八个响雷都震不醒,"酒迷糊"绰号就此而来。新厂长来厂一听说这事,心里就直犯嘀咕:老厂长怎么重用这号人?有心想撤换他吧,自己新来乍到的,一时又没抓住人家什么把柄,只好将一同调来的王浩任命为副科长,先替自己把把关。

王浩深知新厂长的良苦用心,便一拍胸脯保证说:"请厂长放心,我回去就找邱科长研究一下,争取完成销售任务!"

王浩回到科里,见酒迷糊要和新疆客商去谈生意,便跟了过去。

这位新疆客商是位汉族人,一双会说话的小眼睛滴溜乱转,一看便知是位久经商场的"生意精"。他一见邱、王两位科长,忙自我介绍:"敝人姓徐,是新疆喀什市天山商厦的业务经理,从报上看到贵厂的产品广告,总经理特让我顺路来了解一下情况。"

王浩从包内取出几张产品照片,介绍道:"我们厂省力皮鞋是国家专利科技新产品,鞋底设有通气管道,行走时通过气体对流产生助动力,从而减少腿部疲劳……"

王浩还未介绍完,徐经理便忍不住赞叹起来:"如今内地人真能,法儿都想绝了,真不愧为专利产品,我们那里最需要这种鞋了,如果价格合适,我们商厦进个万儿八千的不成问题。"

王浩闻听一惊:好大的口气!一个小商厦一下能吃进将近百万元的货?心中不禁警觉起来。他正要进一步探听一下对方的虚实,就听到酒迷糊高兴地对对方徐经理说道:"太好了!你们真能要一万双?价钱好商量!如今是市场经济,价格浮动较快,旺季每双平均115元左右,我们按淡季价优惠供应,每双100元怎么样?明说,如果不是厂里急用这笔款子,我还真舍不得报这个价呢。"

王浩一听，偷眼瞅了一下对方，只见徐经理沉吟了一下，说："一百万不是个小数，我得马上同我们总经理联系一下。今晚七时我专门在贵地鸿宾酒楼恭请二位，交个朋友，没有别的意思。二位科长一定要赏光哟！"

徐经理一走，王浩有些担心地问："科长，没签合同就去吃饭，不妥吧？俗话说，吃人家嘴软……"

酒迷糊哈哈一乐："真是书生气十足，什么嘴软不嘴软的，我是酒肉穿肠过，原则记在心，不吃白不吃，哈哈……"

晚上，酒迷糊带王浩准时到了鸿宾酒楼，徐经理早已恭候多时了。席间他满面春风地端起酒杯说："告诉二位一个好消息，我已同我们老总通过电话，他对贵厂提供的价格十分满意。来，为我们首次合作成功干杯！"说完，一仰脖子，"咕咚"一杯酒灌进肚里。

酒迷糊一气同徐经理连碰三杯，脸上便泛出红光来，嘴里也"徐老弟"长、"徐老弟"短地称呼起来。接着，徐经理又同酒迷糊划了一阵拳，待见他舌头都不会打弯了，就最后捧起一杯酒递到酒迷糊面前，说："我们老总在电话里特意让我代他敬二位一杯，有事还得麻烦二位呢。"

酒迷糊一边推让，一边含糊不清说："别、别客气，有话……尽管说！"

"那好，我一眼就看出你老兄是位痛快人！明天上午给我先发一万双皮鞋，不会有问题吧？"

"只要你……老弟兜里有钱，要……多少我……给多少！"

"钱小意思，我们是大商厦，下面有十几个分公司，哪月也得成交个几千万。不过，这次来是路过贵地，没思想准备，手里只带了张存有 25 万元钱的牡丹卡，是临时处理一些小生意用的。下午我问了一下，一辆货车至少装五千双鞋，总经理问能不能先预付 25 万，拉走两车，余下的 75 万随后电汇过来。因为我们那里马上要将举办物资交流大会,时节不等人哟。"

王浩心中一阵冷笑:好呀,狐狸尾巴露出来了不是? 他慢腾腾地回绝道:"这事恐怕难办,厂里有规定,现款现货,概不赊欠!"

"规定是死的,人是活的嘛! 总不能只让我拉走半车货吧,那也太浪费了,是吧,邱科长?"

酒迷糊此时正眯着眼睛打盹,徐经理连问三声,他才迷迷糊糊应道:"我和个稀泥吧,先拉一车,下一车款到货……发!"

王浩见酒迷糊信口表态,忙拽了下他的胳膊,提醒说:"科长,怕不行吧? 25 万拉 50 万的货,厂长知道了不熊咱才怪咧!"

酒迷糊此时酒劲似乎又涌了上来,他打了一下酒嗝,一摇手说:"没……事! 人家大商厦,不……哄咱。"

"邱老兄真讲义气,我徐某说话算话,出了事找我,跑了和尚跑不了庙! 以合同为证",说着,徐经理取出一式三份早已写好的合同书,一条一条地念了起来。

酒迷糊将合同书交给王浩,说:"你,明天先和徐老弟去银行取款,然后到财务科盖合同章。我,安排装车,再见。"说着,也不管王浩,跌跌撞撞出了鸿宾酒楼。

王浩觉得事情严重,就直奔厂长家汇报,谁知厂长下午临时去北京开会了,说是一星期后才能回来。王浩这下"袜子里长草——慌(荒)了脚"。

王浩快快地回到家,他翻来覆去地想了许久,心中还是放心不下,为了不使厂内财产遭受损失,决定自己亲自押车催款,以便见机行事。

第二天一上班,王浩带会计陪徐经理去银行,将牡丹卡上那25 万元转进自己厂的账户上,又回厂盖上合同章,这才急忙赶到仓库。此时,一脸倦意的酒迷糊已让徐经理验罢货装好车,正依依话别。王浩将两份盖过章的合同书递到他们手中,并将自己去新疆的想法告诉了酒迷糊。谁知酒迷糊却连连摇头说："小王,算了吧,就凭你这副书生身板,路上还不给颠散架了? 甭去了!"

王浩见酒迷糊如此固执,心中不觉起了疑心:看来这位姓徐的背后肯定给他啥好处了,不然他能如此庇护这徐某? 不行! 我得对厂长和全体职工负责到底! 想到这里,他坚决地说:"邱科长,我认为应该去一趟,顺便也可以让徐经理陪我摸一下那里的市场,徐经理不会不欢迎吧?"说罢,王浩转过身,静静地观察徐经理的神色。

徐经理看来对王浩亲自押车丝毫不感到意外和慌乱,他一把扯起王浩的手,热情地说:"欢迎,欢迎,王科长能到我们新疆去做客,我是求之不得呀! 到喀什,我一定为王科长做导游。"

"那好,我就先谢谢徐经理了。"王浩一边说着,一边拉开了驾驶室的门。

酒迷糊见劝不住王浩,只得点头应允。于是,王浩和徐经理坐进驾驶室,同酒迷糊打声招呼,乘车而去。

汽车一路上翻山越岭,过黄河,穿沙漠,足足走了五天多才算到新疆地盘。王浩在上路的第二天便患上了重感冒,浑身酸疼,四肢无力,可他还是咬紧牙关坚持着。徐经理对他倒是蛮热情,嘘寒问暖,端水送药,十分周到,搞得王浩对自己都不相信起来:难道我真的看错了人?

当天晚上,货车停在一个叫不上名的小镇,徐经理显得格外兴奋,宣布路上只要不堵车,明日中午前赶到喀什绝对不成问题,到时他一定请王浩和司机吃新疆正宗的手抓羊肉。说着,照例让服务员炒几个菜,要与王浩小酌一番。

王浩坐了一天的车,加上感冒,浑身像散了架似的难受,哪里还有一点食欲,可又推却不了徐经理的一片热情,只好象征性地吃了两口菜,便放下了筷子。徐经理也不勉强,亲自打水让王浩吃完药躺下，不一会儿，王浩只觉得头发昏、眼发沉，"呼呼"一下就睡过去了。

王浩昏昏沉沉一觉睡到次日七时才迷迷怔怔地醒来，他只觉得脑瓜一个劲地发沉，仍然想睡，他好不容易睁开眼，发现司机也在呼呼大睡，徐经理却不知去哪儿了。王浩勉强挣扎着下了床，想出去讨杯水喝，走到院里，见厂里的那辆货车仍停在老地方，可车上的货全空了！

王浩大吃一惊，连忙叫醒了司机，两人里里外外找了几遍，哪里还有徐经理的踪影？服务员都是新疆姑娘，说话又听不懂，好不容易找到一位翻译，才知道天没亮徐经理就已经结好账，又叫上一辆卡车，把车上的货全拉走了，临行时还特意嘱咐，不让叫醒他俩。

王浩和司机这下可是"伸胳膊穿裤——乱了套"，他们立即开车加大油门，一直追到喀什也没见到徐经理的影子。喀什市倒真有座天山商厦，可问了一圈，都说没有姓徐的业务经理，王浩这才彻底明白是上当了！

当天，王浩同厂里通了电话，厂长到北京开会仍没回来，只好又打了酒迷糊，谁知酒迷糊不但不急，反而轻描淡写地说了一句："你先回来吧，估计没事。"

王浩又气又恼地坐车返回厂里，一下车就往厂长办公室跑。一进门，只见酒迷糊正同厂长有说有笑地谈论着什么，一股无名之火便"噌"地一下蹿了上来，他点着酒迷糊的鼻子斥责道："你还有脸在这里？你说，这损失的25万咋办？"

厂长急忙将王浩扶到沙发上，又亲自为他倒上一杯茶，笑呵呵地说："王浩，辛苦了，你先别急，看看这个再说。"说着，将一封电报递给了他。

王浩接过电报，只见上面写着：近日携款当面请罪，徐。王浩将电报反复看了几遍，还是丈二和尚摸不着头脑。他奇怪地问道:"这到底是怎么回事?"

原来,当徐冒充天山商厦业务经理前来买鞋时,言谈话语之间,酒迷糊对他产生了怀疑,可一时无确切证据。待徐走后,他同新疆喀什的一位朋友通了电话,委托他查清徐的真实身份,并约好晚上 12 时通话。从鸿宾酒楼回来,酒迷糊就接到朋友的电话,知道徐是骗子,可因为厂内急需 20 万购买原材料的款子,于是便将计就计,采用了以"其人之道还治其人之身"的方法,同仓库保管员连夜将一万只单脚鞋分别装入五千个鞋盒内,也就是说,车上拉走的五千双鞋其实都是同一方向的,不是细心人很难看出破绽。姓徐的骗鞋心切,果真上当。酒迷糊本想事过之后再告诉王浩,谁知王浩执意要押车,因徐在场,当面又无法挑明,只好让王浩跟车白受了几天罪。姓徐的将鞋骗到新疆,直到以低价抛售时才发觉上当,可合同上写得明明白白,再加上理亏,唯恐亚飞厂起诉他,只好乖乖地再凑齐钱送来,否则那一万只单脚鞋只能是一堆废物……

王浩被这戏剧性的变化惊呆了,好半天才激动地上前握着酒迷糊的手,诚心诚意地说:"邱科长,我算服了你啦,真是姜越老越辣!"

(申之珉)

信 誉 第 一

　　无瑕的名誉,是世间最纯粹的珍宝。失去名誉,人类不过是一些镀金的粪土、染色的泥块。

仙女赐粉

　　从前,苏州观前街有爿古色古香的胭脂花粉店,店主有一手采百花、调脂粉的好本事,一年四季,店里供应的应时香粉、花露不断翻新。春天,腊梅香粉惹人爱;夏天,茉莉花露顶时兴;秋天,桂花香粉最热门;冬天,雪花雅霜吸引人。所以,这爿店门面虽小,却一年三百六十五天,天天生意兴隆。

　　有一年八月中秋,店主从苏州光福买桂花回来,路过玄妙观西门口,看见有个小伙子捉住一只白兔,正想宰杀。那兔子拼命挣扎着,发出"咕咕"的求救声。店主好奇地走近一看,只见这兔子生得十分异样:浑身雪白如玉,那细细的长毛,根根像银丝一样;两只红彤彤的眼睛,比红宝石还要明亮。店主想:这么好看的玉兔,真是少见少有,杀了多可惜。这条小性命让我来救了它吧。于是,他就向小伙子再三央求,花三十个铜板买了下来,抱回家去养在店里的鸡棚里。

第二天,店门刚开,柜台前来了一位乡下姑娘。这姑娘穿着粉红色的叉襟衫,拦腰围着湖蓝色的绣花短裙,头上兜一条蓝花布头巾,面孔十分秀气。只见她两只水灵灵的眼睛朝着店堂里东张西望,好像在寻找什么东西。

店主看见有顾客上门,马上笑嘻嘻地迎上前来,一面招呼,一面顺手从货架上取下一匣胭脂,说:"姑娘要买胭脂,这桃红的白里泛红顶嫩气……"话还没有说完,只见姑娘已经在摇头了。店主忙换一匣说:"那么玫瑰红的看上去倒顶有精神,不知姑娘可称心?"姑娘又摇头。店主忙说:"还有水红的、粉红的、枣红的……不知姑娘喜欢哪一种?"姑娘说:"我什么都不要,只要水露露的玉兔眼,红艳艳的宝石红。"店主摇摇头,说:"姑娘喜欢的确是好看,可惜这种颜色小店里现在没有。姑娘你买匣桂花香粉去试试,小店的桂花粉顶有名气。"说着,店主又从货架上拿了一盒递给她。

姑娘笑嘻嘻地打开来一闻,说:"这桂花粉倒蛮香,可惜细闻有些俗气。"店主一听这话,好像吃了一个青梅子——又是新鲜又是酸。他想:我这桂花香粉的香料不用东山的金桂,也不用西山的银桂,只选中光福的丹桂,为的是丹桂飘香香千里。这香粉卖了这么多年,可以说十人闻了九人爱,今天倒被这位乡下姑娘说起俗气来了。所以,他心里冷了半截,不过还是打起精神,笑嘻嘻地说:"那么,请问姑娘,你说什么香才算不俗气呢?"姑娘说:"月里桂花顶清雅。"

店主一听,肚里暗暗称奇。他想:这乡下姑娘句句话说得我没法招架,看来此人真是非同一般。他干咳几声,又进出一句话:"请问:月宫里的桂花与人间的桂花,香味怎样区别?"姑娘笑了笑,说:"天上的桂花和人间的桂花本来都一样,只因为人间的凡夫俗子用桂花的清香来掩盖恶臭，难怪要变得俗气难闻了。"

　　店主听了面孔涨得通红，低着头，一时无话可说，等他再抬起头来，这乡下姑娘已经不见了。这时，只觉得店堂里异香扑鼻。他好生奇怪，定睛一看，只见柜台上放着一丫桂枝，那密密麻麻的金黄色小花，香得异乎寻常，连那厚实实的叶子也是喷香喷香的。他拾起这丫桂枝闻了又闻，觉得东山、西山和光福的所有名桂，都远远及不上这丫清香。他想：如果把它种在天井里，以后用这种名桂做出来的花粉一定不会再被人说是俗气的了。想到这里，他赶紧来到天井里，小心翼翼地把那桂枝插在墙脚边靠阴的地方。

　　再看看那鸡棚，咦！那玉兔到哪里去了呢？他东找西寻，连兔毛也寻不到一根。这时，他猛然悟醒了：这玉兔一定是从天上月宫里逃到人间来游玩的。嫦娥仙子发觉后，下凡苏州扮成一个乡下姑娘，把玉兔收了去。嫦娥临走时，留下这丫桂枝，也好让大家见识见识月宫里的桂花，闻闻月宫里的桂花香吧！

　　可惜，天上的月桂，店主没法种活，但是嫦娥仙子到这爿胭脂花粉店寻找玉兔、留下月桂的奇事，一下就传遍了全城。店主灵机一动，就请字写得好的老先生写了块"月中桂"的金字招牌挂了出去。从此，月中桂出售的香粉名闻各地，生意好得不可开交。

　　现在，这爿胭脂花粉店已变为妇女用品商店，"月中桂"这个别致的店名，四时飘香，永远吸引着广大城乡妇女。

　　　　　　　　　　　　（陆如松　杨彦衡　搜集整理）

心诚神助

　　清朝乾隆年间，苏州有个读书人，叫雷允上，因为酷爱医学，在家里一门心思研究岐黄之术，写了不少医书，后来又在苏州阊门开了爿药铺，招牌就叫"雷允上"。他精心制作的丸散膏丹和各种成药，远近闻名，生意越做越兴隆，后来手头积攒了一笔钱，就在上海老北门开了爿雷允上分店。这爿分店传到他儿子雷子藩手里时，遇到一场大火，药店被烧得精光。幸好雷子藩在他父亲那里学到一手好医术，他就一面摆设药摊，一面肩背药箱，穿街走巷，做走访郎中，才得以勉强维持生活。

　　雷子藩治疗痈疽、疔毒之类的毛病最为拿手，名家看不好的毛病，常常被他单方一张、草药三帖就治好了。可是那时候民间有句俗语："家无十年粮，休去背药箱。"有钱人生病求医，都要拣有名望的医生,像雷子藩这样的草药郎中,当然是连有钱人家的门槛也踏不上的。不过,雷子藩这人有骨气,他勤走破草屋,不跨"金门槛",长年累月在老北门一带的穷苦人家里进进出出,为百姓治病解痛。

有一天,雷子藩碰上了一个患喉风的人,这人喉门溃烂,滴水不进,呼吸十分困难,雷子藩出诊了好几次,药方换了又换,可毛病还是一天比一天重。雷子藩查遍了父亲留下的所有药书,也找不出一个好方子。

这天夜里,他翻来覆去睡不着觉,忽然外面"嘭嘭嘭"响起了急促的敲门声,他赶紧起来开门。只见进来一位白须白发的老人,一身道士打扮,肩上背着一只药葫芦。

老人见了雷子藩就叹气:"哎!这年头,这些开药店的只管自己发财,不顾病人活命。你看这脉案,病人是守不到天亮就要断气了,可是我敲了好几家药店的门,连理也不理我。"

雷子藩一面招呼老人坐下,一面接过方子看,只见脉案上写着:"喉风溃烂,呼吸阻隔……"心里顿时一惊。他想:照这病势,这人已经是无药可救了,不知老人用的是什么秘方。赶紧朝下一看,只见用有六味主药:牛黄、麝香、珍珠、蟾酥,还有冰片、雄黄。雷子藩心里连连叫好,可一想到自己小摊本轻利薄,其中有几味药价钱很贵,正好一时断档,急得直搔头皮。

老人眼看希望泡汤,急得连连顿脚,说:"哎!真是急惊风碰上慢郎中!大药店有药不开门,小药摊开门没药撮。"

这时,雷子藩一急,倒急出个办法来,说:"老先生,上海滩上大小药店我有不少熟人,来,我再陪你跑一趟,或许能敲开几家店门。"说完,雷子藩打起灯笼,和老人一道跑了大半夜,果然敲开了几家店门,总算把药配齐了。

老人拿到药,谢过雷子藩,两人就分了手。

老人走后,雷子藩反复琢磨老人开的那张方子,想起自己手上的那个喉风病人,也想用这方子来试试。天一亮,他就撮好了药,急忙送去。不料刚进门,只见那病人已经起床,见了雷子藩就说:"多谢你请那位老先生送来了药,这药灵得赛过仙丹,吃下去只觉得满口清凉,立刻止痛消肿,一口气总算接上了!"说完,"扑"跪下来就朝他叩头。

这下,弄得雷子藩丈二和尚摸不着头脑。再一想,这送药的老先生,莫非就是那位急着替喉风病人配药的老道士?细细一问,果然不错。

雷子藩恍然大悟:昨夜来撮药的老道士,一定不是个凡人,而是神仙在指点我啊!我一定要想法把这帖药制成丸药,方便病人服用。

于是,雷子藩根据自己多年治病的经验,在这六味主药中又加了不少副药,研制成像芥菜籽那样细小的丸药,装在瘌药瓶里出售。因主药六味,又乃神仙指点,故把这种药取名叫"六神丸"。

雷子藩得了真方不忘本,一面继续研制、出售六神丸,一面依然肩背药箱为穷人治病。不多几年,"雷允上"药铺在老地方重新开张,名气一天比一天响。

(杨彦衡　陆如松　搜集整理)

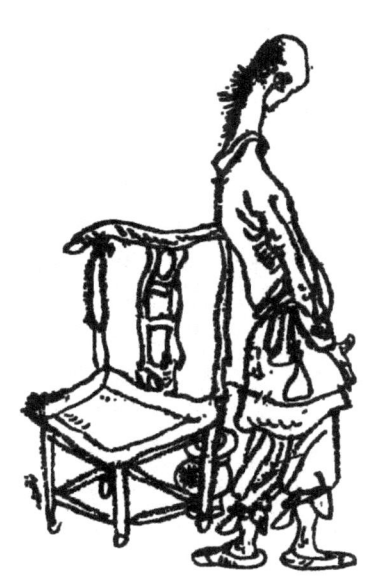

登门道歉

　　两百多年前,苏州有一爿不同凡响的专卖南北货的店,店名叫"孙春阳"。这个店店面很特别,空空荡荡,只放了几张八仙桌和几把红木椅,店堂内不见任何货物。客人买货,也很特别,要什么货,不看货物,先付钱,拿了一张单子到后面栈房去取。可是这家店的生意却特别兴隆。为什么呢? 原来孙春阳的所有货物都经过精挑细选,货色好,发货准,一两百年下来,代代如此,生意越做越大。

　　不料到了清末,却出了个险乎砸了孙春阳牌子的事儿。

　　有年腊月,徐州有一位叫李之安的绸缎商到苏州办事,顺便到孙春阳买了四样东西:蜡烛、干贝、火腿和苏州点心,临走还要了一包西湖"龙井"茶叶。李之安是个老茶客,一回到客栈,就吩咐小伙计打开茶叶,一看呆住了。他明明要的是西湖龙井,怎么变成了安徽"客尖"?不过他没发火,一来客尖也是茶中佳品,价格不在龙井之下;二来他是个待人宽厚的生意人,知道其中甘苦,这一定是伙计忙中搞错,若声张出去,那伙计定被解雇。于是,他决定去重买一包龙井。

谁知李之安刚想唤伙计去重买龙井,突然有人通报说,孙春阳大老板孙逢泰前来拜见。李之安一听,大为惊讶:我与这位孙大老板从无交往,他因何登门来访?他连忙迎了出去。只见孙老板手捧一包龙井茶叶走了进来,一见面就满脸歉意,说明来意。

原来李之安一走,那个才十七岁的小伙计就发现把茶叶弄错了,要去追他,已不知道他的去向。小伙计怕这种事让管事或老板知道,自己要卷铺盖走路的。正好那位买客尖茶的客人有事,交代柜上,把东西包好后,先寄在柜上,等一会再派人来取。因此那个伙计便把李之安买的龙井茶叶装进了这个客人的篓筐里,因为怕被发现,就放在篓筐下面。

哪知这事偏偏被一个只管监督的老板发现了。

孙春阳有好几个老板专管监督,别看他们一天到晚捧着个水烟袋在店堂里走来走去,可他们都是一些业务很熟的行家,哪里出了点差错,他们只需眼睛一瞄就能看出来。

今天在柜台后管发货的监督叫方子和,他走到那只篓筐前,弯下腰翻翻系在篓筐上的货物单,又翻了篓筐里的东西,脸色顿时变了。

方子和当即把管事的叫来,很不客气地问:"这是谁装的篓子?"

管事的急忙赔着笑脸说:"是一个小伙计。哪里不对头?"

"哪里不对,你自己去看吧!"

管事一看也发现了毛病,他实在不明白这个伙计为什么连最起码的规矩都忘了。

他马上向方子和赔不是,把那个装篓的小伙计找来。

方子和态度威严,但口气温和地问:"这个篓子是你装的?"

这小伙计心虚,一时愣着答不上话来。

管事的沉不住气了,厉声喝道:"三老板问你话,你没听见?"

小伙计被管事的一吆喝,吓白的脸一扭,眼泪夺眶而出。

方子和倒安慰他说:"你不要害怕,这不是大不了的错误。你到柜上已两年了,为什么把怕压的东西装在下面?"

小伙计一听三老板只说他把货物顺序装错了,没发现那个差错,一时心宽了,话也顺当了:"生意太忙,不小心弄错了。"

"客人急,我们不能急;客人忙,我们不能忙。"方子和趁机开导他,"一急一忙,就难免出差错;一出差错,就会影响我们店的声誉!"

管事一听三老板的口气,就赶忙喝令小伙计快去把篓子重新装过。

小伙计如遇大赦,急忙跑到装货的篓子前,把较重的东西拿开,找出那包茶叶放在上面,而且故意把标明"西湖龙井"的红字朝下放,以免三老板和管事的看出问题。

也是运道不好,方子和刚要转身走,忽然又觉得不太放心,他吩咐小伙计把茶叶打开,看看茶叶是否压碎。

小伙计一听,这下完了,只好硬着头皮把那包茶叶拿起来放在台子上,双手发抖地打开了茶叶。

茶叶一打开,方子和愣住了:客人明明要的是客尖,现在怎么变成了龙井?方子和的脸色变得难看了,指着茶叶问小伙计:"这是什么茶?"

管事的知道出了大纰漏,他怒火中烧,一把揪住小伙计,喝道:"怎么回事?茶叶怎么变了样?"

方子和急忙止住管事的叫嚷,叫他和小伙计把篓子拿到里屋,把门关上,瞪着眼说:"你事先已经知道茶叶放错了?"

　　事情到了这种地步,小伙计只好点头承认。

　　方子和仔仔细细地询问事情发生的经过,和买龙井客人的相貌装束,断定这客人是个生客。他当即决定派一个能干的伙计,带着那个小伙计到各大客栈查找那位客人;同时关照店中伙计,留意若有客人来换茶叶,立即告诉他。

　　一切安排好,方子和立刻禀告大老板孙逢泰。

　　孙逢泰听了方子和的报告,脸上顿时涌起了寒霜,但他没有立即表示意见,只是一面装烟,一面吹弄"纸媒子"。等他"咕噜噜"把一袋烟吸完,提起烟管,用熟练的动作吹掉烟灰,才开口说道:"把这件事告诉所有的伙计们,让他们从中吸取教训!我们不让客人看货,做的就是这个信用,这种错误一年如果发生两三回,用不了几年我们就得换招牌了。我们这块招牌要靠大家齐心协力,不能有一点漏洞。我看我们要全面留心查看一下,还有没有其他疏漏的地方。"

　　"是,"方子和恭敬地答道,"我马上去办。"

　　"其实这种事在表面上查看,并不是治本的办法。"孙逢泰神色严肃地说,"一定要让每一个伙计了解货真价实的重要性,打心眼里生出敬业、诚实的精神,才能保证我们招牌的声誉。至于那个小后生,说什么也不能用了,假若他家境困难,多给他几两银子就是了。我们要让伙计们知道,什么错误都可以犯,唯独欺瞒的行为绝不宽恕。"

　　方子和听完大老板的训诫,刚要转身离去,只见那个派去查访的伙计急步走进来,说:"客人找到了!"

　　方子和听了十分高兴,立即笑着说:"我马上去看他。"

　　"不!"孙逢泰做了个阻止的手势,"应该我亲自跑一趟,你去替我选一斤上等的龙井,给我带去!"

　　一会儿,方子和拿来茶叶,派人备好轿子,由原先出去查访的那个伙计陪着,孙逢泰亲自到了李之安住的客栈。

李之安听了,倒感到不好意思,他连连说:"这么点小事,怎么敢劳驾您孙老板亲自跑一趟? 其实贵号的客尖也是上品,并不比龙井便宜,我也并不吃亏。"

"话不是这么说,"孙逢泰的态度相当认真,"李先生指名要龙井,一定有特别的用途,如果回到家里发现不是龙井,岂不误了您的正事,这是一。其次,客人要龙井,我们包的是客尖,不管价格贵贱,总是我们欺骗了客人,这是很严重的错误。即使我亲自登门道歉,也无法弥补我们的过失。"

"贵号如此重视信用,难怪'孙春阳'三个字名满大江南北了。"李之安由衷地叹服,"其实这种无心之过是在所难免的。"

"无心之过,或有心之过,这是很难分辨的。"孙逢泰苦笑说,"遇到像李先生这样的好客人,懂得茶的品级,自然不会以为我们是有心欺骗。如果遇上一个不懂茶的客人,一看货物不对,就会嚷出去,说不定现在全苏州城的人都知道了。所以不管是有心无心,这种错误都不许发生。"孙逢泰说着,把带来的茶叶送到李之安手上。

李之安一边说:"真是太劳大驾了!"一边站了起来,"我去把那包客尖拿来,一事不烦二主,就麻烦您带回去吧!"

"不,"孙逢泰一把拉住李之安的手,"那包客尖您留着用吧,就算敝号对您表示的一份歉意。"

"这怎么可以?"李之安执意不肯要,孙逢泰则执意要送,两人推让好一会。最后,李之安在"却之不恭"的情形下,才把那包茶叶留了下来。

茶叶风波总算过去了,然而通过件事,孙春阳的伙计们从此更加小心认真经营,不敢有一丝疏忽,孙春阳的牌子越来越响了。

(丁继明　改编)

秤大财旺

　　从前,有个姓李的农民,在官庄镇开了个饭铺。饭铺紧挨大道,每当行人路过的时候,掌勺的总把勺子敲得"咣咣咣",烙饼的总把擀杖甩得"啪啪啪",跑堂的也总是大声喊着:"包子、烙饼、炒肉汤,好吃不贵嘞——"那叫声比唱的都好听。

　　可尽管这样,去他那里吃饭的人却很少。这是为啥呢?据说,这个姓李的是个老抠,为了多赚钱,常常以次充好,不是缺斤就是少两,在他那里吃饭,总生一肚子闷气。所以,时间一长,人们一传十、十传百的,他的名声就砸啦,人们不但不去他饭馆吃饭,还恨恨地给他起了个外号,叫"快刀李"。

　　有一天,快刀李闲着没事干,正坐在饭铺里喝茶,忽见有个修秤的走来,冲他大喊:"掌柜的,有焖饼吗?"

快刀李立刻堆起一脸笑容,迎出去说:"现成,现成,请坐,请坐!"

修秤的把担子放到饭铺前一个空闲地方,然后走进饭铺,拣个地方坐了下来。

不大一会儿,快刀李端出两碗焖饼,放到修秤的面前:"请,不够的话再添!"

修秤的一见这两碗焖饼,就问:"掌柜的,这是多少?"

"嘿嘿,一斤,只多不少!"

修秤的一听,就知道他在骗人。因为修秤的吃焖饼的时候多啦,在别处吃一斤焖饼,两大碗还冒尖哩,怎么今天一斤焖饼,两小碗才平平的呢?但修秤的不想为这丁点小事给人家打麻缠,自己是过路的,吃一回哑巴亏算啦。

吃完饭,修秤的匆匆付了钱。刚说要走,快刀李拦住说:"师傅且慢,给修杆秤再走吧!"

修秤的虽说肚里闷着气,嘴上还是满口答应:"行唠,行唠!"和快刀李讲定价钱,就在饭铺前修起秤来。

他一边修,心里一边盘算:你这小子是个坑人精,这回遇到我,得给你点厉害瞧瞧!不一会儿,修秤的把秤修好了,他不动声色地递给快刀李,接过钱就走了,心里在说:我让你坑人,嘻嘻,十六两半一斤的秤。原来,古时候秤都是十六两一斤的,修秤的把快刀李的秤搞成十六两半,存心就是要破他的财。

可偏偏事与愿违。没想到,自从快刀李用上那杆十六两半一斤的秤之后,饭铺反而一天天红火起来了。初次来快刀李饭铺吃饭的人,都感到这里的饭实惠,钱不多,量不少。以前曾经到快刀李饭铺吃过饭的人,现在也感到快刀李不像从前啦,做的饭味道也好了,给的也够数了。人们都说:"以后别再叫人家快刀李了,昧良心啊!"

这么一来,只要到官庄镇办事的人,哪怕多走几步路,绕个夸儿,也要到快刀李的饭铺吃饭。所以,不管集不集,会不会,快刀李的饭铺总是门庭若市。

半年之后,这一天,修秤的又来了,他是特意转到这里,想来看看快刀李用上"大秤"以后赔钱的倒霉样子的。半路上,他听说快刀李的饭铺挺发财,心里就有点怀疑,眼下他亲眼看到饭铺的门面,不但由过去的一间扩大到三间,到这里吃饭的人也是挤得满满的,这才相信。

他奇怪了,低着头,皱着眉,直揣摸其中的道理。

忽然,快刀李一眼看到了他,高兴地喊道:"老哥啊,好容易见面啦,今天,我要重谢你的关照啊!"

修秤的不知所以,急忙说道:"哪里话,哪里话,不必客气。"

快刀李说:"实话给你说吧,自从用了你修的那杆秤,我这饭铺才时来运转,一天比一天发财。你的这杆秤使我琢磨出一个道理:'秤大生意旺'啊!"

快刀李说得又坦然又恳切,修秤的站在那里,听得直点头。

(杨文忠 搜集整理)

店无戏言

　　解放前,上海南市外马路沿黄浦江,从董家渡到南码头,木行几乎一家连着一家,人称"南市木行一条街"。其中近南码头的"万昌木行",更是木行街上的"一只鼎"。

　　这年夏天,一天清早,万昌木行来了一位顾客,只见他四十岁不到,剃了个青皮光头,上身赤膊,古铜色皮肤,结实健壮,穿一条中式黑短裤,却不系裤带,只把裤腰像豆腐皮一样紧紧卷在腰间。脚上穿一双脚指头在外乘风凉的破布鞋,手中拿一把大蒲扇,一摇二摆地走了进来。

　　此人一踏进木行,口称要买十一根檩条。对车进船出的万昌来说,这不过是"小菜一碟"。

　　接待这位顾客的是将满师的学徒王木生。

那顾客见王木生是个"小鬼",心里已有几分不高兴,在挑选木料时特别挑剔,不是嫌这根不直,就是说那根不圆;不是说这根节太大,就是嫌那根有疤。几个工人帮他挑了一个上午,只挑中十根。工人们翻得汗流浃背,但他还要另开一桩,挑剩下的一根。

王木生有些不耐烦了,冲口说:"师傅,木头是天然产物,又不是钢管,哪能根根精光笔直? 五个手指头也有长短,你不要箩里拣花,越拣越花!"

那顾客见他年纪轻轻,说话老三老四,不由扯开喉咙说:"天下三客,大为买客,我拿钞票买木头,当然要挑到称心满意为止!"

提起"钞票"两字,王木生从头到脚细细把那顾客打量一番,心想:他赤膊穿短裤,钞票放在哪里?

王木生心里这么想,不由又冲口而出:"你如果在这堆木头中再挑一根,银货两讫,当场结清,只需付一半钱,另一半我奉送!"

听他这么说,那顾客嘻嘻一笑说:"小阿弟,你说话算不算数?"

没等王木生回答,这时走来一个人,拍拍那顾客的肩膀,笑容可掬地说:"师傅! 天气很热,货可慢慢挑选,先请到客堂喝杯茶再说。"

那顾客见他来打圆场,忙问:"你是什么人? 你们行里的人说话算不算数?"

王木生忙介绍说:"他是我们的范老板。"

那顾客见木行老板亲自出来接待,便随他往办公楼走去。

万昌行的办公楼与众不同,既不在货场前,也不在货场后,而是设在货场当中,办公室四周全是玻璃窗。

范老板坐在办公室里,对木行内的情景一目了然。刚才那位怪顾客一进来,就引起了他的注意,他从那顾客在挑选木料时的举手投足、眼神手势,已确认来人精于此行,非等闲之辈,又见发生了争执,便走了出来,不仅请那位顾客进内堂喝茶,还陪他共进午餐。

那顾客酒喝了,饭吃了,气也消了,于是便慢条斯理地解开裤腰,撕去贴在肚脐眼上的一张狗皮膏药,从里面取出三张十元面额钞票。

他一面取钱,一面哈哈大笑道:"我的银行库存在这里。"又瞭了王木生一眼,"小阿弟,没想到吧?"说完,将钞票交给账台上,"我也不高兴再出去了! 就请你们在那堆木料中再挑上一根,凑足十一根,把账结了就是了!"

按当时物价,十一根檩条,只需二十五元。他拿出三十元绰绰有余。但是,账房根据范老板的吩咐,只收半价。

那顾客摇摇头说:"锣不敲不响,话不说不明。小阿弟年纪轻,怎能要他赔钱!"

账台上说:"范老板说了,国有国法,行有行规,我们万昌木行有一条规矩,任何职工在接待顾客时,必须恪守'店无戏言'这条原则。我们生意人以'信'为本,决不允许信口开河。"

说完,他又从柜台内取出一只小毛巾袋,双手递给顾客,说,"天气炎热,内有一条毛巾可擦擦汗,还有'龙虎仁丹'和'虎标万金油',路上可防暑降温。发票和钞票请点清楚。请留下地址,明天太阳落山前,保证将檩条送到。"

那顾客听了不再坚持,他一手拎毛巾袋,一手摇着蒲扇,满意而去。

顾客走后,王木生被告知,这笔生意的亏损部分由木行弥补,但他的学徒期得延长一年。

第二天送货之事不提。

话说三天后,万昌木行门前来了一辆黑色豪华轿车,车门打开,走下一个人来。只见他头戴金丝草帽,身穿纺绸短衫,脚登粉底缎鞋,一副太阳眼镜差不多遮去了半个脸。他摇着折扇跨进店堂,脱去帽,摘下太阳眼镜,店堂内的人不由"啊"叫出声来!原来来人就是前天那位青皮光头顾客。

这位顾客是个木匠出身,现在是一位颇有实力的营造厂老板,最近他接到一笔大生意,杜月笙要在高桥造一座规模宏大的杜家祠堂,由他总承包,需购大量木料。他久闻万昌木行大名,但从未打过交道,那天他是有意前来试探。

今天他特来订货,送上一张总额高达两万元的"定单"。

(庄良勤)

猜谜谢客

　　春申茶叶店经理程复怡近几年来真是春风得意,事业有成。自从当上经理以来,对内整顿店风,对外扩展业务,使得原来默默无闻的一爿小店,在茶界脱颖而出,名声鹊起。他四十开外年纪,是个很有文化修养的人,除了精通本行之外,还有多种爱好,尤其是制作谜语,更有一手,在谜林中占有一席之地。

　　程经理最得意的政绩,是在商店的二层楼面紧缩库房和办公室,硬是辟出60平方米场地开了一个茶室。茶客们闻讯纷纷慕名而来,茶室不仅开张之日起就天天创可观收益,而且还带动了商店的茶叶销售。这一来,程经理信心大增,他悄悄打起了隔壁百货店的主意,准备"吃掉"他们,扩大茶叶店规模。

　　这天一上班,助手小汪照例给程经理送来上一天的顾客留言簿。他指着翻开的一页对程经理说:"经理,这位顾客写了这样一句话,不知什么意思。"

程经理接过一看,上面写着:恭呈程经理阅:清茶太青。落款是"老茶客"。程经理沉思片刻,说:"这是顾客向我们提意见。"小汪不解地问:"提什么意见,我怎么看不出来?"

程经理指着意见簿说:"这是一条谜语,后面的'青'字少了三点水,是差水的意思,颠倒过来就是水差,这是批评我们的水质差。"小汪应道:"唔,经理是谜林高手,肯定是这个意思。不过这意见提得太苛刻,上海就这样的水,还能怎样?"

程经理看了他一眼,问:"你家不是用上饮用水了吗?"

"这……"

程经理打断了小汪的话:"喝惯了饮用水,再喝自来水会是什么味,你最清楚。这个问题,我看可以考虑,抽个时间召集有关人员商量一下。"

商量结果,大家同意程经理的方案:安装两只大容量净水器,采购一批麦饭石,烧煮出来的水作沏茶常用水,茶价不变;另外定购部分饮用水,供应特需。这样投资不多,但水质可以大大提升。程经理办事向来雷厉风行,仅一周时间,全部到位,茶客们赞声不绝。

正当程复怡在为自己的成功而悠然自得时,老茶客又在留言簿上提了一条批评,也是四个字:病从口入。

这种谜语,程经理猜起来不费吹灰之力,谜底不就是"杯脏"么!他亲自去检查了一番,确有几只杯子留有未洗净的茶垢。老茶客批评得有理,程经理便下了一道命令:"茶杯必须洗净,必须经过消毒水和高温蒸煮,随后用专门印有"茶杯已消毒"字样的消毒纸套封起来,让茶客自己拆封后再沏茶。

两条批评作为两条建议落实后,程经理心里想:老茶客,你再挑不出第三条毛病了吧?谁知真像俗话所说,"过一不过二,过二不过三",老茶客还真写来了第三条谜语:走而不取。

外行看热闹,内行看门道。这条谜语,外行人看了会莫名其妙,但程经理立刻就明白过来。这是用了离合字制谜法,"走"和"取"两个字合起来是"趣",没了"走"少了"取"就是"少趣"。茶室里少了什么趣呢?程经理朝店堂四处打量一番,沉思起来。

说无趣也不尽然,其实,茶室里还是很有情趣的:室内布置古朴雅致,名人字画,艺术茶具,还有专为顾客选购茶叶而设的免费品茶席。总不见得把当今时兴的"卡拉OK"和电视录像这种与茶室情调不合的东西引入店堂吧?那么,怎样才能再添情趣呢?程经理回到狭小的办公室里,来回踱步,琢磨起来。忽然,眼前一亮,他瞧见书橱里一本《茶话和谜话》的书,灵感忽闪,有了答案。

程经理的办法有两条:一条是由他亲自操作,准备"每日一谜",给茶客们猜,猜中者免一月茶资。另一条是由小汪负责,办一份《茶话周报》,免费赠阅。果然,这两招儿一出,茶叶店生意蒸蒸日上,尤其是茶室,日日爆满,不得不挂出"客满"的牌子,忍痛挡回了一些慕名前来的茶客。

现在,程经理急于要办的事,就是想法找着老茶客,他已经在心里把他引为知己了。有一天,程经理无意中发现,他书橱里那本《茶话和谜话》的作者叫陈茗生,他骂自己真糊涂,"老茶客"的谜底不就是"陈茗生"吗?

程经理从员工处打听到,有位老先生三天两头光顾茶室,好像还看见他在留言簿上落笔。于是程经理吩咐小汪注意这人,来了就通报一声。

这天茶室刚开始营业,小汪就急急走进办公室,叫道:"经理,他来了。"程经理就拿出早就准备好的写有谜面的纸条,交给小汪。

小汪拿着纸条走到茶室里宣布:"今日一谜,谜面是:老茶客。打一茶史专家名。猜中者免一年茶资,另赠茶具一套和极品名茶一罐。"

茶客们一听,顿时议论开了,都认为今天的谜出得稀奇,更诧异奖品竟然如此丰厚。茶客们纷纷动起了脑筋,场上的竞猜气氛十分活跃。可是,一直等到早茶将毕,小汪走进办公室报告:"老先生没有动静,会不会搞错?"程经理说:"走,去看看。"

两人刚走进茶室,小汪眼尖,说:"经理你看,老先生站起来了,好像要走。"程经理赶快在小汪耳边轻声说了一句,小汪就高声喊道:"哪一位是陈茗生先生? 有人找。"只见那位老先生转过身来,惊异地应道:"我是。谁找我?"程经理快步迎了上去,笑呵呵地说:"陈老先生,是我找您。"

"你是——"

"我是程复怡。陈老先生,您可是真人不露相啊!"

陈茗生笑着说:"我早就知道是你下饵钓鱼,想让我老朽出乖露丑!"

程经理忙说:"您老有大功于我店,我是想找您当面致谢,才出此下策,想不到您老如此谦虚。区区薄礼,还望您老笑纳。"

陈茗生说什么也不接受,说:"你能接受我的意见,就是看得起我,条条做得比我想象的还好……"

程经理赶紧"趁热打铁"说:"我想聘请您老当我店顾问,不知意下如何?"

陈茗生爽朗地答道:"当仁不让,这顾问我当,奖品免提,反正能白喝茶,还能同你切磋谜艺,此乃老朽一大快事喽。"

两人哈哈大笑起来。

(王顺发)

以信正名

　　永成在小学当老师，暑假里，他和几户果农由常去上海打工做生意的小六子牵头联系，把自家种的"金帅"苹果装箱后，运上海去卖。

　　一路上，小六子洋洋得意地向永成等传授"经验"："哇，别瞧上海人自以为精明，其实好哄得很，这趟咱到上海卖苹果，我教你们几个耍秤杆的秘招。还有，我先给大家提个醒儿，到了上海，千万别说自己是安徽人，说江苏人或山东人什么的都行，就是不能说安徽人……"

　　永成听了这话，嘴上没说，可心里总觉得不是味儿。

　　第二天，他们在上海南汇的一处水果市场卸了货，租了摊位，随后，大家就穿着短裤，赤着膀子，吆吆喝喝，哼着怪调，卖起苹果来。

果然，到摊前买苹果的上海人大都先要问："你是什么地方的?"由于有小六子事先关照，大伙儿便今天"山东人"、明天"江苏人"地胡乱搪塞，小六子教的那几个耍秤杆的秘招，大伙儿也比着耍得欢。瞧，新民用腿在果箱下面轻轻一碰，秤杆儿顿时高翘起来；大黑的秤杆打了蜡，秤砣总是往外滑；小六子更绝，他有一大一小两个秤砣，轮换着用⋯⋯

永成在一旁实在看不下去，这昧心钱赚了心里也不踏实呀！于是趁没生意的时候，便劝说他们几句，可他们反而讥笑他说："瞧你，书呆子气又来了，上海人钱票子大大的有，多掏几张有什么关系?"永成无奈，只好洁身自好，一是一、二是二，自己决不做昧心事。不过，当买主问他是什么地方人时，他也只有改口道："山东人。"不然，人家理都不理。唉，都怪安徽人自个把名声弄糟了。

他们几个就这么各卖各的苹果。

可是，好景不长，终于有一天，新民的把戏露了底，几个上海人围上来斥责他短斤缺两。闻讯而来的市场管理员没收了新民的秤，罚了他的款，最后还一再追问他从哪儿来。

新民眼看瞒不下去了，只好吞吞吐吐坦白说："从安⋯⋯安徽来的。"这下好比捅了马蜂窝，买水果的上海人议论纷纷，说什么的都有，总而言之一句话："安徽人太坏，以后买水果可千万别找安徽人!"

事情过后，小六子给大伙儿打气："别怕，逮住了是他的，逮不住是咱的，外甥打灯笼——照舅(旧)!"小六子真是不撞南墙不回头哇!

一晃半个月过去了，大伏天太阳热辣辣地晒着，凉棚挡着又有什么用，有的苹果开始腐烂了，永成只好一箱子一箱子的检查，发现有坏疤的就往外扔。而小六子他们却把坏苹果藏在果箱底里,照旧往外卖。为这,他们半真半假地喊永成是"老呆"。

这天中午,永成摊前来了一位慈眉善目的老太太,经过一阵照例的盘问,老太太要了两箱苹果,说:"麻烦你帮我送到家,行吗?"

这有什么不可以的? 永成当然一口答应了。他托小六子照看一下摊位,便扛上两箱苹果随老太太走了。

老太太家好远,算一算足足有两里路,永成扛着苹果累得直喘粗气。哪知到了她家楼前,老太太竟然叫永成把苹果箱扛进楼旁一家商店里,她要到电子秤上复秤。

永成心里好不窝火:怎么这样不相信人呢? 要不是看你年纪大,非吵你几句不可! 不过他心里也不由一阵欣喜:幸好没听小六子那一套,不然今天不就捅了娄子?

那老太太别看走路踮踮的,心里可精呢,见苹果斤量不缺,又连忙打开果箱,把苹果翻检了一遍,直到确认没有坏苹果后,她才满脸歉意地对永成说:"真对不起,我还以为你是安徽人呢,我总担心上那些安徽人的当。"

当下永成只觉得脸上火辣辣的,而老太太却变得热情极了,执意把他让进她家里,从冰箱里拿出果汁饮料,非让他喝了消消暑气不可。

由于惦记着摊位,永成收了老太太的苹果钱后,就匆匆告辞了。到了摊位上,他把钱仔细一点数,才发现多出了十元,他明白这一定是老太太给他的"运送辛苦费",顿时,一股说不出的滋味在他心头涌起。

接下来的几天,天气越来越热,眼看坏掉的苹果越来越多,大伙儿的心悬了起来,都盼着苹果早点脱手。

这天中午,有一位瘦瘦长长、显得精明能干的中年人来到永成的摊位前,挺客气地递给他一支烟,攀谈了几句,便问道:"你还有多少苹果？"

永成说："大概还有四千来斤……"

中年人手一挥："我都要了！"

什么？都要了？永成简直不敢相信自己的耳朵。

他说："我给你市场最高价，两元五角一斤，怎么样？"

这可能吗？中年人见永成满脸的疑惑，便道出了原委。

原来他姓顾，是附近一家阀门厂的总务科长，为了给工人们搞点福利，厂里派他来采购苹果。顾科长在市场上已经转悠好几圈了，最后看中了永成的苹果。

这真是天上掉下个林妹妹，这样的好事哪里寻去？永成大喜过望，一笔生意就这样成交了。

钱货两讫之后，永成忍不住问他："顾科长，你为什么单单看中我的苹果呢？"

顾科长笑了："因为你挺诚实的，你不是安徽人，买你的苹果让人放心。而他们，"他指着小六子他们说，"都是安徽人，太滑头！"

永成心里不禁觉得好笑，进一步探究道："顾科长，那你又凭什么认定我不是安徽人呢？"

顾科长眨了眨眼睛，说："我注意两天了，发现只有你把坏苹果拣出来扔掉，所以嘛，你当然不是安徽人了。"

听他这么说，永成真是哭笑不得！

这下轮到小六子他们眼红永成了。新民和大黑、二娃他们几个连连抱怨小六子不该教给他们什么秘招，小六子摇晃着头，嘴里咕咕哝哝道："看不懂，这回真看不懂啦……"

返乡前，不知怎么，永成想起了多给他十元钱的那个老太太，他想把钱退回给她，告诉她他就是安徽人，希望她以后别小看安徽人了。可转念一想，万一老太太不收这钱怎么办？干脆买两个大西瓜去看望她老人家得了，也算是辞行吧。

　　敲开了门,那老太太见是永成,愣了一下。永成笑着说明来意,老太太显得很激动,拽住永成的胳膊,回头朝里间喊:"志华,来客人了,是安徽客人!"

　　那个叫"志华"的从里间出来,两人一照面,都愣了:这志华不是别人,正是阀门厂的顾科长,老太太是他母亲。

　　你说巧也不巧!

　　还是永成先开口说道:"顾科长,我是地地道道的安徽人,这下你该明白看错了吧!"

　　顾科长喃喃道:"不,不,我怎么会看错人呢? 你的苹果真甜,真好,一个坏的也没有,你说我看错人了吗?"

　　故事到此算是结束了。

　　永成回到家乡,逢人就讲他的卖苹果经历。他的目的,就是想呼吁他的那些在上海经商打工的老乡们:诚诚实实、毫不掺假地同上海人相处吧! 希望有一天,能在大上海堂堂正正地说一声:我是安徽人!

(王永坤)

弄巧成拙

　　太行化纤材料厂是个乡镇企业,专门生产一种工业纤维,由于设备陈旧、资金短缺,一直维持个撑不死、饿不着的局面。

　　这天,厂长李辉收到上海一家化纺公司来函,说他们愿意同太行化纤材料厂联营生产工业纤维,条件是由上海方面投资500万建立生产流水线,按太行厂现有的生产能力进行利润分成。

　　李辉一见此信当然喜出望外,可一见对方提出的条件又犯了踌躇:自己就这几台破设备,每年也就生产个一两百吨货,将来分成时自己岂不吃了大亏?他左思右想,决定先设法把这笔巨额投资弄到手再说。

　　第二天,李辉授意厂办主任给上海回函,把太行厂吹成是个有两百多名工人、产值上千万的明星企业,要求利润分成时得大头,并拥有经营权。

回函发出不久,上海便来了电报,原则上同意太行厂条件,但要派人前来考察洽谈。李辉眉头一皱,计上心来,忙给县运输队挂了电话,又让厂办主任到县机械厂借几台破旧设备和几十名工人,如此这般地布置了一番。

没几天,上海化纺公司的一位王工程师来到了太行厂,李辉见对方是位二十几岁的小青年,不禁心中暗暗好笑。

次日,李辉亲自用车将小王接到太行化纤材料厂,只见厂区干净整洁,厂房内机器轰鸣,卡车出出进进十分忙碌。李辉指着仓库门前的几辆卡车说:"这些都是外地客户,有的都等好几天了。"

小王羡慕地点点头,问道:"你们厂年产量多少?"

"也就千把吨吧,仍然供不应求。想扩大生产,就是资金太缺呀!"李辉叹了口气,"如果贵公司能多投资一些,前景就会很可观!"

小王点点头,说:"我回去向老总汇报一下,资金的事好商量,但你们提供的数据一定要准确。"

"那当然,既然合作,就应该信誉第一。"

两人说说笑笑,坐车朝厂办公室驶去。忽然,小王对司机说:"师傅,对不起,请停车,我去方便一下。"

李辉见是锅炉房旁边的一个小厕所,忙说:"这厕所不卫生,还是去前边吧。"

"不必了,今天有点闹肚子,等不及了,就凑合一下吧,我又不是什么贵客。"小王说着,推开车门跳了下去。

不一会儿,小王回到车上。两人来到厂部办公室,李辉取出一张报表,递上说:"这是上半年产量统计,照这样速度,今年突破一千二百万应该没问题。"

小王接过报表,取出计算器按了几下,抬起头说:"李厂长,不对吧？据我推测,你们厂顶多年产量两百吨。"

　　李辉闻听不禁打了个激凌,疑惑地反问道:"两百吨,有根据吗?"

　　"当然有根据。"小王指着计算器认真地说,"刚才我去厕所时专门量了量你们厂的烟筒,直径为 1.5 米。也就是说,它每天产生的热动力,只能供 40 人操作。就按你们人均五吨的数字,一年也就两百吨。别忘了,我可是学热动力的哟!"

　　小王说到这儿,站起身来,脸上的神情显得很严肃,说:"扶持乡镇企业是我们公司的责任,但我们决不同弄虚作假的人交朋友。再见!"

　　小王推门走了出去,屋内只剩下呆若木鸡的李辉厂长。此时,他才仿佛体会到,信誉和知识对自己的企业是多么的重要……

(申之珉)

顾 客 至 上

　　生活只不过是不断地给人一些机会,好让人能活下去。要是遇上有利时机,须好好利用,但不可损害他人的利益。

走访用锄人

从前,冀南太行山麓一带,有好几个打锄板卖的。由于打锄板的多,谁的销路也不很景气。可是,人们一见薛家庄薛长久打的锄板,却争着抢着要买。

为什么薛家锄板卖得快呢?

原来,薛长久卖了锄板后,还要到买主家里了解使用情况。就像现在的"实行三包"一样,管退、管换、管修。薛长久到买主家里后,耐心地询问锄板好使不好使,什么地方使得不得劲儿,回家以后就改进。这样,薛家锄板越打越称买主的心意。另外,薛长久这样做,也增加了同买主的交流。因此,一传十、十传百,买薛家锄板的人就越来越多。

有个懒汉,眼看着地里的庄稼荒了,听人说薛家锄板好,也去买了一把。懒汉拿着锄下地,才锄了三下五下,就觉着天热受罪,把锄往地头一扔,就到远处树荫下躺下"呼呼呼"地睡起了大觉。

这时,恰巧薛长久路过这里,他见这块地杂草丛生,地头耪了几下,锄头却扔在地边儿。薛长久打锄板,见了锄板特别亲,过去拿起锄板一看,认得是自己打的。薛长久想试试使得怎么样,就拿起锄锄了起来。

这锄太好使了,只一会儿,就锄了一大块地。眼看着把荒地快锄完了,也不见户主来,薛长久看看天不早了,自己还要赶路,这才放下锄走了。

懒汉在树荫下饱饱睡了一觉,醒来后,便去拿锄回家。谁知到地里一看,咦,怎么地都快锄完了?

懒汉疑惑不解,逢人便说:"薛家锄板好,放到地里自锄草。"这样越传越神,买薛家锄板的人就更多了。

据说到后来,想买一张薛家锄板,得提前几个月去定做。

(马文广)

送货到家门

　　"双抢"大忙开始时,平时人来人往热闹非凡的柳林镇,顿时冷冷清清起来。

　　每当到这一个多月生意淡季的时候,商店老板们总是本着少进货或不进货的原则,身揣资金,等待农村大忙过后的旺季到来。可今年偏偏就有这么一家卖烟酒酱醋盐的小店,店主不但进货,而且从县城调进大量日用百货囤积在店里。要知道,这些货物存放一个多月,又逢雨季,不坏也得发霉变质。因此,人们纷纷说这家店的店主神经出了毛病。

　　这个店主姓孙,叫孙财,早年是镇上综合店职工,卖过食店,也卖过百货。后来综合店亏本解散,孙财只得自谋出路,开始做点小生意,直到一年前才修了两个门面,开了这爿百货小店。两口子守着店,儿子学杀猪卖肉。

眼下孙财进了这么多货,听到别人的闲言碎语,他只是一笑了之,谁也不知道他葫芦里卖什么药。

双抢大忙近十天,柳林镇上天天冷冷清清,镇上好几家店铺都关了门,就是开门的店铺生意也少得可怜。孙财的店虽每天开着,命运也同样如此。

孙财的妻子和儿子看着店里堆着的这一大堆东西,急得直对孙财发脾气。孙财笑哈哈地说:"急什么急?到时候有你们赚的!不过,你们母子俩可别叫苦喊累!"

说完这话后,第二天一早,孙财吃过早饭,揣了个本子拿了支笔,还带了印章,匆匆出门走了。他这一走,一连四天没归家,直到第五天下午才风尘仆仆回来。一进门,二话没说,倒在床上就呼呼大睡。

一觉醒来,又是新的一天开始了,孙财租了辆小板车,装了满满一车烟酒酱醋盐和前不久从县城调进的日用百货,还让儿子带上杀猪卖肉行头,一家三口拉着出了柳林镇。

镇上那些店主见了既感到奇怪又觉得好笑。有一个店的老板娘冲着孙财一板车货半开玩笑地说:"好你个孙财,又当起了乡坝田头院角的货郎了,可庄稼人忙于抢收抢种,收的油菜籽、小麦还没变钱,看你卖谁去?难道卖赊账不成?"

孙财"嘿嘿"一笑道:"那就赊账呗!"

此话不假,孙财在大忙前城里货主及批发部门削价销售时大量进货,看准的就是这大忙的黄金时节,要做的就是这"双抢"庄稼人的赊账生意。前几天,他拿着本子跑遍了全乡离镇较远的几个村坝院落,了解了有不少人家需要购货,而又没现钱的情况,就采取赊账的办法。

孙财的赊账生意是这样做的:不耽误庄稼"双抢"的黄金时间,亲自送货上门,凡一次购货在50元以上的,全部赊账,但事先双方挑明：每一元钱的货比平时多卖两分作为脚力钱，限定一个月内付款，每50元多付一元作为积压周转资金的利息，超期者每超一天每十元多付一角计算，购货时双方当场签字画押，各执凭据一张为证。凡购货在50元以下者一律当场现金交易，而且每一元钱的货比平时多卖五至六分作为脚力钱。

他这么做，买卖双方都很乐意。

孙财一家三口仅仅花了十多天时间，不但将店里囤积的货全部售完，而且后来又以微利从县城老主顾那里赊购来的一批原来滞销的货，也销售完了。

双抢过后，孙财一核算，忙了近二十天的赚头，超过了去年一年的利润，妻子、儿子佩服得喜笑颜开。

孙财对他们道："懂了不？做生意不能死板老一套，要灵活，要多为顾客想，自己吃点儿苦，方便大家，这样做，你赚了人家的钱，人家还要感谢你，夸你好。这就是生意经！"

（李代友）

三战『大篷车』

　　上海郊区有爿独家经营的国营"为民"水果店,招牌显眼,店堂宽敞,设备齐全,引人注目。

　　就在这又高又大的水果店对面,这天,突然又开了一爿又窄又小的水果店,招牌上写着三个字"大篷车"。

　　"大篷车"与"为民"一比较,确实有点饭店面前摆粥摊、楼房下面搭鸡棚的味道。但说来也真稀奇,这大篷车里的一个黄毛丫头竟敢向为民水果店公开挑战,说要比一比输赢,决一个胜负。

　　这个黄毛丫头叫张巧英,今年21岁,是待业青年。因为她人生得小巧,加上手脚灵巧,办事讨巧,所以大家都叫她巧姑娘。巧姑娘虽年岁不大,但她从小跟爹娘摆过摊头,卖过水果,因而见多识广,阅历丰富。由于她们经常还推流动车上街服务,车上遮着一块大篷布,车里还放动听的音乐,和电影里的"大篷车"差不多,所以顾客都戏称它为"大篷车"。

但大篷车碰到了一个顶头货。啥人?就是为民水果店经理吴耿虎。因为吴耿虎办事有一股快刀斩乱麻的虎气,再硬的对手也经不住他那三斧头,因此大家都干脆叫他"三斧头"。

三斧头看见巧姑娘竟胆敢来唱对台戏,心里气啊!你张巧英真是关公面前舞刀片、老虎头上拍苍蝇了!我吴耿虎是吃水果饭长大的,多少店对我为民望而生畏,你大篷车想"老鼠充大猫",真是困梦头里吃糖——想得甜!他想着就气呼呼地走过去,要责令大篷车搬走。但猛一抬头,一眼看见店里一张白底黑字、敲着硬印的营业执照,在镜框里一亮一亮,看得吴耿虎真是行灶里烧稻柴——有火发不出!

吴耿虎只得耐着性子说:"张巧英,你这是啥名堂?我们这里已经有了水果店,你为啥还要在咸肉里面加酱油呢?"巧姑娘笑着说:"是呀,吴经理,我是不想来,老实说,我也不敢来,但顾客一定要我来,盛情难却呀!"吴耿虎一听,马上面孔一板,说:"好吧,要跟我较量,可以。后天正好元旦,我们干脆连斗三天,决一雌雄!""好!我一定奉陪!""你输了哪能办?"巧姑娘说:"我输了,就马上关门打烊!""一言为定!""慢,吴经理,如果你输了哪能办呢?"吴耿虎胸膛一拍说:"我输了,就拜你为师,而且在你'大篷车'的牌子下面连磕三个响头!""好!大家说话算数!""当然!"

吴耿虎回到店里,心里想:小姑娘真是想拿鸡蛋砸石头,胆敢来跟我们唱对台戏。虽然我们过去服务态度不怎么样,但只需要重点改进一下,到辰光叫你张巧英电熨斗烫的确良——服帖!

吴耿虎想到这里,马上召开全体职工大会。会上明确规定:

为了彻底改变服务态度,从明天开始,人人要做到:第一,面孔上肌肉要尽量放松,要笑;第二,喉咙一定要放大,要大喊大叫;第三,要放开手脚,招徕顾客,能拉能拖的客人绝不能放走一个!这"三放政策",必须坚决执行,啥人违反,轻者吃批评,重者敲奖金。

吴耿虎为了强调"三放政策"的重要性,最后说:"这个'三放政策',也是我们战胜大篷车的第一个秘密武器,我们一定要把它执行好。"为了打响第一炮,会后吴耿虎亲自清理仓库,把最好的商品挑拣出来,重新摆设一番,"国营为民水果店"招牌也洗刷得干干净净,七个红漆大字更显得光彩夺目!

与这边热火朝天的气势一比,大篷车那边显得冷清多了。巧姑娘跟平常一样,只和店里另外两个请来帮忙的姑娘一起,把苹果、橘子等水果用揩布一只只揩了一遍,再用稻草将水果盖好,随后就叫她们回家早一点休息。两个姑娘心里担心啊:看看对面为民水果店正在挑灯夜战,而且刚才已从小姐妹那儿得到了吴经理亲自制订"三放政策"的情报,估计明天这第一仗不好对付,而你巧英姐还是老规矩,还要叫我们早一点休息。唉,巧英姐呀巧英姐,你可不能看轻对手呀!

比赛第一天一早,吴耿虎拿了一本记功簿,提前来到店门口,亲自观察职工对"三放政策"执行情况,以便论功行赏。但上班一看,唉!真是伤脑筋,由于有的职工平时面孔上一直像刷了糨糊,现在叫他放松肌肉,他反而变得紧张了,弄得一副哭不像哭、笑不像笑的样子,有的甚至笑比哭还要难看,吓得一部分顾客纷纷跑开。只有一些老顾客出于好奇心,聚在周围看热闹,感到今天为民水果店营业员的面孔像在变戏法,看上去比到上海大世界看哈哈镜还要有味道!还有两个身强力壮的男职工,认真执行经理的"喉咙放大,手脚放开"政策,大显身手,拼命拉顾客。一天下来,吴耿虎拿起电子计算机一揿,哈!营业额比平常翻了两番,比大篷车水果店多六十六元六角六分。

首战告捷,一比零!吴经理越想越得意,他吃了夜饭,浑身轻松,跳上自行车,开开心心去看电影《这不是误会》。看好回来,刚到十字路口,突然被一阵动听的音乐吸引住了,吴耿虎抬头一看,顿时大吃一惊:只见大篷车水果店里,拉着彩灯,放着音乐,顾客盈门,争相选购,热闹非凡。又见三个姑娘收付钞票就像电子计算机一样准确迅速;跟顾客对话赛过报务员通话,对答如流。吴耿虎看得心好比温度计跌进冰箱——往下一沉:张巧英呀张巧英,想不到我千算万算不如你一算!我关门打烊,你倒电灯锃亮。你这只棋子下得好狠!他再上去一问营业额,早已大大超过为民水果店。心想:真糟,一比零变成了零比一。输了!

他正想推车走开,大篷车内一个姑娘笑嘻嘻地说:"吴经理,哪能?第一斧头就把刀口劈钝了吧?我看还是到巧英姐面前认声输,叫一声师傅算了。"吴耿虎毕竟是久经沙场,临阵不慌。他面不改色,鼻子里哼了一声:"别高兴得太早!"说完,跨上车子,走了。

第二天,吴耿虎一边规定"三放政策"继续实行,一边仗着店里人多,把职工分成两班,来了个通宵服务。

巧姑娘店里,仍旧无多大变化,只不过多了两样小东西。一本簿子,上面端端正正写着"顾客意见簿";另外又添了一杆公平秤,挂在店门口。吴耿虎一看,急忙照葫芦画瓢,也添了一本意见簿和一杆公平秤。这一天,由于为民水果店改变了服务时间,营业额直线上升,一算,终于超过了大篷车水果店一百多元。一比一,不分上下。

吴耿虎喜滋滋地马上开了一个小型庆功会,大大表扬模范执行"三放政策"的先进个人。这时,有的职工提醒说:"不要高兴过早,从今天大篷车水果店顾客明显比我们多这一点来看,营业额低一定另有原因,关键要看明天。"吴耿虎听了,笑笑说:"今天我们赢了,准赢定了!至于第三局,你们放一百个心好了,我还有一个'秘密武器'没用哩,只要明天抛出去,张巧英再巧,我也要叫她巧媳妇难煮无米之炊!"

吴耿虎的秘密武器是啥?原来他在仓库里还藏着一批最热门的广东芝麻香蕉,准备好第三天作为王牌掼出来,准备打得大篷车措手不及!

第三天,吴耿虎还是第一个到店里,他心里开心啊!为啥?因为他刚才已侦察过了,发现大篷车里摆出的水果已不多,特别是香蕉,已没几串了。今天要打赢大篷车,真是水牯牛吃豆芽菜——绝嫩!所以现在吴耿虎面孔上肌肉特别放松。可是,当他拿出钥匙,打开藏着秘密武器的仓库一看,啊!只见一串串本来蜡黄的香蕉全部发黑。原来那香蕉装来时,店里正要打烊,有的职工认为店里是八小时工作制,多干了也没啥好处,就急急忙忙把香蕉朝仓库里一放了事。没想到这几天天气特别冷,又没专人保管,造成了这样的后果,大家都呆住了。

这时,大家我望望你、你望望我,群众怨经理,经理怪群众。有人把吴耿虎亲自写在小牌子上的"上等香蕉,在此排队"八个大字,干脆把个"上"字倒过来变成"下等香蕉,在此排队"。吴耿虎看着心痛啊!唉,三斧头全部失灵,秘密武器完全报废。这时,店里一个个职工,面孔不是肌肉放松,而是放长;喉咙不是放大,而是放粗;手脚不是放开,而是像生了锈的机器,转动不灵;一只只眼睛放大三倍,弹出像只鸡蛋!

这时,吴耿虎抬头朝大篷车水果店一看,啊呀!只见他们个个苹果亮光光,只只橘子红喷喷,串串香蕉黄澄澄,店堂内外像刚刚揭开的蒸笼——热气腾腾。特别使吴耿虎感到新鲜的是,他发现有些顾客走进店堂,拿了一袋袋苹果和橘子,称也不称,钞票也不付,就笑嘻嘻地点点头走了,弄得他真是三斤米粉调了七斤糨糊——稀里糊涂。

他忍不住走了过去,正好看见有个姑娘手里拿着一本"顾客意见簿"？正在认真查看,就老老面皮好奇地问:"姑娘,你在看啥?"

这姑娘头一侧:"噢,吴经理,你问这个'意见簿'？嘿,里面大有文章呢！巧英姐想摸清顾客到底喜欢吃啥水果,使进销对路,把生意做活,避免货物积压,造成损失;还根据我们店里人手少的特点,给我们搞了'承包',对顾客也搞了一个"先尝后买"的好办法;随后,再根据顾客的不同需要,写在这本意见簿上,节日里可以预先订货,还可以送货上门!"

吴耿虎一听,这才恍然大悟！他越想越惭愧,走到巧姑娘面前,伸出大拇指说:"张巧英,你真不愧是巧姑娘啊！这次比赛,我们零比三输了,我拜你为师!"

巧姑娘紧紧握着吴耿虎的手,谦虚地说:"让我们互相学习吧!"

（夏友梅　徐剑清）

水瓜县城里,广告做得最特别最诱人的,要数开业不久的发又发商场。在商场门口,醒目地竖着一块大牌子,上面写着:

> 本商场老幼无欺,百问不厌。倘若哪位顾客受到售货员不公平刁难,请到经理室投诉。一经查实,即奖 1000 元,决不食言。

> 经理　余守信

广告牌挂出第二天,一位老头怒气冲冲跑进经理室,"啪"将手中的一包东西扔到办公桌上,冲着余守信就吼:"这是什么玩意儿?我要买两条短裤,可你们的售货员却给我三套女人的奶罩,这不存心是在欺负我老头吗？给我 1000 元奖金!"余守信不慌不忙地拿出一个笔记本,笑眯眯地记下老头的地址,表示一经查实,保证一个月送奖金上门。

不一会,一位长得苗条秀气的大姑娘用毛巾包着头,"噔噔噔"冲了进来,见到余守信,二话不说将手中的东西朝他头上砸来,软软的包装纸裂开了,从里面露出一大堆秀发。余守信大惊,忙问:"姑娘,你怎么啦?"姑娘顿时泪如泉涌,委屈地大哭起来,好半天才说:"我要买一瓶进口高级洗发水,可你们售货员却给我一瓶进口脱毛水,呜呜。明天我要结婚了,你说怎么办?"说着一把扯下头上的毛巾。余守信一看,骇得大眼瞪小眼,原来姑娘的头已经变成了"荒山秃岭"。余守信赶紧好说歹说,表示一经查实,包赔一切损失。

余守信送走了姑娘,顿觉口干舌燥,正想倒杯水喝,忽然,一个中年大汉跌跌撞撞冲了进来,手里拿着一条花花绿绿的裙子。余守信晓得又是来投诉的,忙一个箭步蹿出门溜了。

余守信心里明白,发又发商场的售货员大都与上面的头头沾亲带故,哪个人都动不得,但为了推销商品,他还是硬着头皮做了一则滑头广告,至于是否兑现,他心里早有一本账,反正拖一天是一天,把顾客拖得精疲力竭,那 1000 元钱也就彻底赖掉了。

转眼一个月过去了,顾客上门投诉的越来越多,余守信坐不住了,他怕真要弄到法院去,也是桩麻烦事,于是决定亲自到商场去看看,万一能抓到一个好对付的售货员,也好整治整治,来个杀鸡给猴看。

这天,余守信换上一身粗布衣,安上假胡子,戴上宽墨镜,"呼哧呼哧"地爬上三楼商场。他前脚刚踏进门,就嗅到了火药味。

只见商场东面一侧,有个叫李娜的售货员,正鼓着双眼,左手叉着腰,右手戳着一个中年男顾客的鼻子骂:"没有就没有,你这个死佬,给我滚!"男顾客捋了捋衣袖,毫不示弱:"你这个泼妇,有什么了不起,你以为你会骂人? 我老婆还是你的师傅呢!""你这死佬不得好死,我不骂死你回家,俺师妹也会把你骂得粉身碎骨,臭如死老鼠死猫死鸡烂鱼烂肉烂豆腐……"李娜大嘴一咧,把对方的"炮火"压了下去。那男的自知不是她的对手,唾了口水,只好怏怏地走了。

李娜后台不硬,余守信可算是逮住了目标,他几步蹿到柜台边,大声责问道:"你懂不懂? 顾客是我们的上帝! 你这种态度对他们,你是不想干了?"

"哎呀呀,一个刚死,另一个又在坟头里钻出来,当心别怪姑奶奶不给脸……"李娜正要骂下去,忽然间她连眼角都睁裂了,原来余守信摘下了眼镜,甩掉了假胡子。

"你现在可以卷铺盖回家了。"

"经、经……理,你听我讲……"李娜要想分辩,余守信直着嗓门训道:"还解释什么,我都看见了。顾客是我们的上帝,他就是要金要银要铜要铁,现在售完了,你可以对他解释,说过两天一定满足要求。"

"可他、他要……"

"要什么?"

李娜低着头,不安地搓着双手,半天才说:"他问我要不要买花圈?"

"什么,他来这儿推销花圈? 真他妈的瞎了狗眼。"余守信不由得恼怒起来。

李娜红着脸又补了一句,说:"他还问我,你们商场的经理死了没有?"

(欧少鸥)

抱愧退钱款

　　这个故事发生在改革开放初期。春节前,市人民服装厂为了打开产品销路,并且调查逐渐富裕起来的农村对服装变化的需要,特地派出了一批供销人员,带上本厂各类成衣,到市郊农村去流动售货。

　　这是个晴朗的日子,供销员小迟把两大包袱成衣驮在自行车上,跳上车,一路紧赶来到东郊洪家桥一带流动售货。他选定洪家桥大桥的桥头,找到一片干净地方,手脚麻利地打开包袱,很快摆好了售货地摊。

　　过往行人和附近的农民一见来了个摆地摊卖衣服的,立即围了上来。小迟忙着接待买服装的顾客,一边往小本上记下顾客让他下次带来的衣物,一边征询着顾客对服装款式和色彩的意见。他足足忙了好大一阵子,顾客们才纷纷散去。小迟稍稍松了一口气,便低着头开始整理起被翻乱了的服装。

这时,忽然听到有个姑娘的声音,低声问道:"同志! 有我能穿的衣服吗?"

小迟连头也没抬地回答:"衣服全摆出来了,你自己不会看?"

那姑娘像是微微叹了口气,声音更低了点,说:"对不起! 我、我看不见……"

小迟听她这么说,抬头一看,只见一位十八九岁的农村姑娘,正瞪着一双迟钝的眼睛面对着自己,姑娘身边还站着一个五六岁的小女孩。

小迟明白了,也有点不好意思,立刻热情地问盲姑娘要买什么样的衣服。盲姑娘用手势在自己身上比了比长短,问有没有质地好的薄呢短大衣。

小迟一听盲姑娘要买高档呢货,不禁重新从上到下把她打量了一番,见她穿的是一身布衣布裤,头上戴的和脚下穿的也不洋气。心想:一个农村姑娘,又是一个盲人,还摆什么阔气? 这么一想,他话语中就搀进了几分讥讽:"薄呢短大衣倒是有一件,只怕你没带那么多钱吧?"

盲姑娘并不计较小迟话中带话的态度,连忙问:"得要多少钱?"

其实,小迟今天带来的这件女式削价处理薄呢短大衣,定价是32元,可是小迟忽然想跟这位姑娘开个玩笑,就故意说:"52元。"

哪料姑娘"哦"了一声,就请小迟把呢大衣递给她摸一摸。

在攀谈中,小迟了解到这盲姑娘是外县人,这回是来洪家桥走亲戚的。她在家纺麻线,卖给麻袋厂织麻袋,每天可挣到四五元手工钱哩。小迟听得呆了,心想:一个农村的盲姑娘,挣钱比我这工厂的二级供销员还要多上两倍呐! 再看看那盲姑娘的手,手指上都是深一道、浅一道血红的沟痕。不用问,那一定是纺麻线勒出的印痕。

盲姑娘摸了一阵,突然问道:"同志,这呢大衣是什么颜色的呀?"小迟差点笑出声来,心想:你是一个盲人,是红是绿对你不都一样吗?不过他嘴里还是回答说:"是墨绿色的。"盲姑娘一听说是墨绿色,显得很高兴,她从口袋里摸出一叠崭新的钞票,数了六张十元的,递了过来。

小迟见盲姑娘递过来60元,他犹豫了:接还是不接?接吧,多收人家20元,这是蒙骗顾客的不道德行为,自己担任供销员一年多来,过手的钱和物多得无法计数,可这种多占的事情,自己还从来没做过呢。不接吧,可话已说出口,承认自己是开玩笑吧,一个小伙子拿盲姑娘开玩笑像个啥!

不过说句老实话,这会儿面对盲姑娘递过来这六张簇簇新的十元票子,小迟有点动心了。说来事情也是赶巧,小迟正犹豫着,又了两位过路的顾客要看衣服,小迟于是就慌慌忙忙一把将盲姑娘手中的钱接了过来,又慌慌忙忙打开钱箱,抓出八元找头,连同那件薄呢短大衣,塞给了盲姑娘。

盲姑娘接过衣服走了。两位顾客也走了。小迟见摊前没有顾客再来,就忙乱地收起地摊,骑上自行车,像逃跑一样地一溜烟走了。

过了几天,厂部秘书老周来供销科对小迟说,有位盲姑娘找他退钱来了。小迟一听,吓得腿都软了。他想:这盲姑娘倒真厉害,竟打听到那件薄呢大衣的价码,找上门算帐来了!怎么办呢?若是把这事应承下来,不就把自己的名声毁了?干脆,一不做二不休,一错到底,我给她来个死不认账,她这个瞎子,还能争过我一个明眼人么?

小迟一边盘算着,一边跟着老周来到了厂部办公室,一眼看见那盲姑娘穿着那件墨绿色的薄呢短大衣,坐在沙发上。小迟立刻来了个先发制人,绷着脸冲盲姑娘粗声大气道:"喂!你要退什么钱呀？"

盲姑娘听出是那天卖衣服的小伙子的声音，忙从沙发上站起身，对小迟说："怎么，你真不晓得那天我买衣服的时候，你把钱搞错了吗？"

小迟的脸色更难看了："没错！你给的钱和我找的钱，都没错！"

"是错了！"盲姑娘笑着从自己口袋里摸出四张一元的钞票，对小迟说，"那天你该找我八元钱，可我回去后才知道，你找给我12元了。怕是生意忙，你把一张五元的当成一元的错给了我。你知道我是个盲人，行动不方便，没能早些把钱给你送来，今天我要回自己家去，特意来送钱的。送得晚了，真对不起！"

盲姑娘的话，如同一串炸雷滚过头顶，小迟被震得浑身颤抖。他望着这四张一元的钞票，望着这双捏钞票的满是一道道血痕的手，心不由颤抖起来。他觉得和含笑站在自己面前、心灵比水晶还纯洁的盲姑娘相比，自己是多么灰暗渺小呵！他内疚、惭愧、悔恨，简直无地自容！他再也不能伪装自己，再也难以抑制自己的感情。他泪流满面地望着盲姑娘说："不！你不是盲人，我、我才是个真正的瞎子！你把我多找的几元钱给我送回来，可我却昧着良心哄骗了你20元血汗钱呀！"

盲姑娘和在场的周秘书听了小迟的话，都怔住了。盲姑娘愣了愣，似乎明白过来。聪明的姑娘坦然一笑，不露痕迹地接着小迟的话说："哦，那天你说的衣价是32元，是我粗心听错了，把给你的钱弄错了，你当时又很忙，哪好怪你！"

小迟没料到盲姑娘受了自己的哄骗，如今真相大白了，她竟然还主动地站出来为自己遮丑。他又羞愧又感激，嘴里再也说不出任何话，两手把头一抱，像个小孩子一样，"呜呜"地失声痛哭起来……

（聂建长）

广 告 效 应

現代的重大課題,是做廣告,這是眼下商業和工業之神。廣告的藝術,是一門難度很大、很複雜的學問,它需要高度的敏感。

金币取不下

　　广播电台最近开辟了一条热线电话,叫"为您解忧",专门解答听众在日常生活中遇到的各种疑难问题。主持这档节目的是位年轻姑娘,叫兰玲。她才从广播学校毕业。

　　兰玲的嗓音非常甜美,音质柔和圆润,热情亲切。每周一、三、五、日上午九时,人们打开收音机时,她的第一句话就是:"听众朋友们,您好。我叫兰玲,有什么需要我帮忙的吗?"总是让人心里热乎乎的。

　　这天是星期日,兰玲姑娘刚讲完这句话,桌上的热线电话便"嘀嘀嘀"地响了起来,一位男中音通过话筒从收音机里传了出来:"兰玲同志,您好,我是人民路溶剂厂的,由于我们工作失误,将外宾的一枚古希腊金币黏到了一块金属板上,怎么也取不下来,希望能通过电波向各界求助。如有取下金币者,我们愿付1000元的酬金。"

兰玲十分奇怪:"请问您是用什么黏的?"

"就用我们厂生产的708金属黏合剂,谁知这一黏就取不下来了。"

兰玲又问:"请问先生贵姓? 如何联系?"

"免贵姓丁,就是一竖一勾,百家姓里数它最简化了。不怕您笑话,我们厂在人民路东旮旯胡同20号,可能是全市最不起眼的胡同。我虽说是厂长,可手下不到十个兵,可能是全市最小的工厂。我们厂的电话号码是516888,即'我一路发发发',可能又是全市最吉祥的电话号码……"

对方诙谐地答完兰玲的问话,又有礼貌地道声"再见",便搁下了电话。

兰玲放下电话,对听众讲道:"刚才有位姓丁的朋友打来电话,外宾的一枚名贵金币误用了他们厂的黏合剂,黏到金属板上怎么也取不下来,哪位高手能将它取下来,他们愿付1000元酬金,联系电话516888……"

第二天上午,兰玲播音室的热线电话又响了起来:"喂! 兰玲. 我是'四可能'呀!"

兰玲一愣:"四可能?"

"是呀,姓氏可能最简单,厂址可能最不起眼,厂长手下的兵可能最少,电话号码可能最吉祥……"

兰玲忍不住"咯咯"地笑了:"噢,原来是丁先生呀! 您的金币取下来了吧!"

"没有呀,这不又向您求援来了? 昨天您一广播,下午倒是来了一帮人,可谁也没取下,可能是奖金太少了,请再麻烦播一下,我们决定把酬金提到5000元……"

兰玲应了一声,又将昨天的内容播了一遍。

星期三,兰玲在播音室一直想听到关于金币的消息,可是却一直没接到丁厂长的电话,不知怎么,兰玲心里一直惦着这件事,还几次险些答错听众的问题。节目结束前几分钟,她实在憋不住了,便对着话筒讲道:"听众朋友们,前些天我们接到人民路溶剂厂的两次求援电话,这消息引起朋友们的极大兴趣,今天我受大家委托,同他们再联系一下。"说着,她便拨通了516888。

接电话的正是自称"四可能"的丁厂长,他一反前两次那幽默的话语,沮丧地回答道:"谁也没取下来,看来我们得赔偿外宾损失了,这下可惨了!"

走出播音室,兰玲既失望又纳闷:"什么东西能把金币黏得如此牢固?"她越想越按不下好奇心,干脆向台长打声招呼,骑上自行车,按丁厂长提供的地址,朝人民路溶剂厂蹬去。

东旯旮胡同果然如丁厂长介绍的那样不起眼,兰玲东打听西询问,好不容易才找到那家厂。此时厂门口挤满了人,一位小伙子站在一张桌上,举着一块黏有金币的钢板朝大家喊道:"请注意,这枚世界罕见的古希腊金币是用我们厂生产的'708'黏的,大家可能都听到广播了,哪位先生能将它取下来,我们愿付5000元酬金。我们的要求只有一个,不得损伤这块金币……"

话刚落音,一位彪形大汉应声走上来,他一手抓起钢板,另一手用力抠那块金币。哪知抠了半天,那块金币纹丝不动,只好退了下来。

第二位上来的是个小青年,看来他似乎早有准备,他不慌不忙地从腰上取出一把精致的小刀,先在金币四周刮了几下,然后用刀尖插进金币下的空隙里,使劲撬起来。谁知"啪"的一声,刀尖被折断了,金币却纹丝不动。在一片哄笑声中,他满脸通红地跳下桌子,"吱溜儿"一下钻进了人群。

接着又跳上几个应征者,他们使出十八般武艺,可那块金币仿佛像长了根似的,就是一动也不动。他们只好一个个擦着汗,败下阵来。

兰玲看了好久，不禁暗暗称奇。她讨了一份关于708黏合剂的产品说明书，骑车回到台里。中午，她顾不得休息，伏在桌上"唰唰唰"一气完成了一篇通讯《神奇的708》，第二天便在中午黄金时间播了出去。不久，市晚报、省电台也转载、转播了兰玲的这篇文章，市电视台还专门进行了现场采访，一时间，708成了人们的热门话题。

又是一个星期日，兰玲姑娘同往常一样早早来到值班室。只见门口立着一位手持鲜花的年轻人，他一见兰玲就上前说："如果我没认错的话，您就是'为您解忧'的主持人兰玲吧？我代表全厂职工向您致敬！"说着，他将鲜花捧到兰玲的面前。

兰玲惊诧地朝后退了一步，不解地问："您这是……"

小伙子自觉冒昧，忙又用男中音诙谐地自我介绍道："鄙人姓丁，外号四可能厂长，是专程向您请罪的！"

兰玲一下子想起那天厂门口的小伙子，顿时笑了起来："丁厂长，幸会幸会，'请罪'二字实不敢当，您没得罪我什么呀！"

"可我却欺骗了您。"丁厂长收起笑容，郑重其事地说，"不瞒您说，我们厂研制的708质量好，但由于我们厂底子薄，加上知名度几乎等于零，所以至今无法将这一产品推向社会。在掏不出昂贵的广告费的情况下，只好利用您主持的热线电话，编了一套瞎话，让您帮我们做了一次产品广告。其实所谓的古希腊金币和外宾都是假的，就是因为有了您的热线电话和那篇通讯，才使我们打开了产品销路。今天，我特意代表全厂职工向您送上这束鲜花。"

（申之珉）

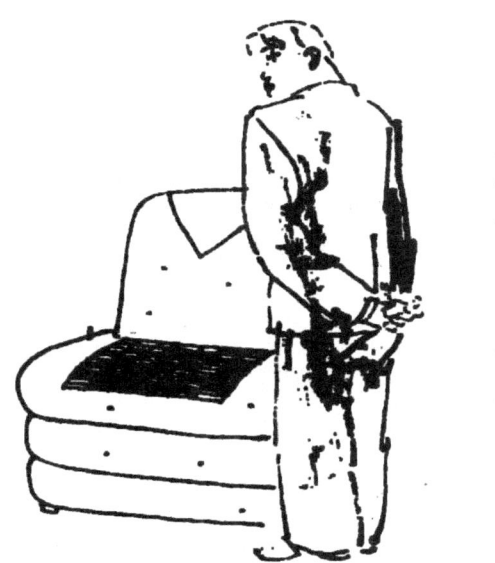

坏事变好事

红石市电视台广告制作中心派人到巨星商厦,表示要长年替该商厦制作广告,索价 15 万元。

巨星商厦新上任的总裁魏百万一听就摇头:"你别看我们商厦眼下效益不错,但以前亏空太大,算来算去剩不了多少钱,你们一家伙要去 15 万元,我们出不起哪!"那几个人磨蹭了半天,魏百万就是没点头。

待他们走后,魏百万的助理便走过来婉言相劝:"魏总,咱们千万别惹他们,闹不好他们拼命鼓吹咱们的竞争对手,可不把咱们给坑了?"

魏百万说:"我不怕。那些人哪里是来商量广告的事,分明是厚着脸皮要买咱商厦的股票,这不是捞个人的便宜来了?这种人我看早晚要被电视台清除出去。你替我留点儿心,以后他们若是常来商厦走动,就及时告诉我。有一点你不得违背我的意思,不准供他们吃喝,我自有道理。"

助理一听,暗自伸舌头:这魏总,做生意离了广告,他还怎么玩得转?

果然,事过不久,便常见广告制作中心那些人光顾商厦。助理及时汇报之余,老悬着颗心,总劝魏百万干脆好好款待一下这些爷们,否则,赶上点儿背,让人家曝一次光,就什么也别寻思了。可是魏百万这个人就是倔,他决定的事谁也不许更改,助理就是想暗中补救一下子,也没这份胆量呀。

有一天,制作中心那些人又来商厦了,正碰上有位叫蓝天的顾客在家用电器柜前与营业员脸红脖子粗地争吵什么。一问,方知那顾客在商厦买了一台洗衣机,谁知搬回去后怎么也开不动,今天一早赶来要求退货,营业员却闪烁其词,不愿受理。这一吵,围上来不少人看热闹,制作中心那些人立即把这一切都摄入了镜头。

消息传到总裁办公室,魏百万的助理先慌了手脚,连连懊悔没有事先"摆平"那帮大爷们,可魏百万却镇静自如,他不慌不忙赶到现场,亲自验看顾客出示的发货票,随后满脸堆笑地说:"啊呀,真不好意思,不过请你放心,我们商厦对出售劣质商品有明确规定,假一补十。这台洗衣机是如何进来的,容我们商厦内部调查处理;至于你,我们除任你调换一台同型号洗衣机外,你花的 726 元,加上其余九倍的钱,共计 6534 元,立即由我们商厦兑现。还有,假如你换回去的仍然是伪劣商品,我们再次任你调换的同时,仍按假一补十的规定补赔你 6534 元现金。我是巨星商厦的总裁,说出的话绝不食言。"

魏百万话音刚落,围观者中顿时发出一阵阵惊叹声,叹巨星商厦倒霉,遇上了克星;叹那位顾客有福气,白捡了那么多钱,还上了电视,假如他这次调换的再是劣质货,可肥了那小子啦。

当晚,巨星商厦在电视台地方新闻中连连曝光,假一补十的事越传越玄,几乎成了商界的一大新闻。说句不中听的话,巨星商厦这一回可是"臭名远扬"啦!魏百万索性通过电视向全市人民公开检讨,并宣布了商厦对这件事的补充决定:扣除家电部经理全年奖金,罚商场质检员当月奖金。魏总裁痛心疾首地表示,今后将加强商厦的内部管理,杜绝发生此类事件。

光也曝了,总裁检讨也做了,再回过头来看商厦,嘿,奇了,不但没有门庭冷落,反而顾客熙熙攘攘,流连忘返。为啥?原来,几乎所有的人都知道了巨星商厦的存在,都感动于总裁言出即行、讲究信誉的经商态度。甚至,说来好笑,还有一部分顾客来这里,是指望能买到劣质商品,那样便可以发一笔大财……

坏事变成了好事!一年下来,巨星商厦反而面貌大改,魏百万成了省级优秀企业家。

年末岁尾,魏百万在商厦搞了一个小型总结会,总裁助理、家电部主任、质检员和那位叫蓝天的顾客,都在被邀请之列。

魏百万敬酒说:"商厦能有今日,有在座各位的一份功劳,过去的教训我们永远要记取,今后商厦发展,也有仰各位的努力,让我们一起为商厦的明天干杯!"

(顾文显)

戏卖抠耳勺

阳春三月,风和日丽。

一天,综合商场门前围着一圈人,正中站着一个年轻小伙,手里举着一根一米多长的秫秸,上面插着密密麻麻各式各样颜色不同的抠耳勺。小伙子个头匀称,模样俊秀,五官端正,穿戴讲究,可站在那儿就好像木雕泥塑似的,围观的群众像看"西洋景"似的七嘴八舌议论。

这是谁家的孩子?他为啥卖起抠耳勺呢?这还得从本市大名鼎鼎的四化标兵——八级钳工孟金山的一场家庭纠纷说起。

孟金山今年58岁。儿子孟凯,高中毕业在家待业。老太太怕儿子在家呆着惹是生非,多次催促老孟提前退休,让儿子顶班。而老孟却是个老不舍心的实干家,一心扑在"四化"上,儿子的工作虽说是一块心病,但没到退休年龄,怎好向领导开口呢?

老太太可不管,她一天到晚在老孟耳边唠个不停。

老孟被老伴缠得上火了,冲口说:"我能泡吗? 我也得对得起共产党啊,干一天就得做一天贡献!"

老太太一听也火了:"好,你进步,我们娘儿们落后,我走!"老太太说着就要走。

老孟用手一拉,把她甩在炕上,老太太拍桌打掌地号啕大哭起来。

老孟的气也上了脑门子,操起酒瓶子就要摔。

正在这时,只听门外有人喊了一声:"爹!"

老孟一看是儿子孟凯,正苦着脸站在门口。

老孟的心"唰"地一下凉了,眼泪不禁夺眶而出,快 60 岁的硬汉子,竟抱头大哭起来。

左右邻居闻声赶来,说的说,劝的劝。

老孟哭泣着说:"小凯,爹没那份能耐,我不好意思泡呀! 我这个旧社会卖抠耳勺的叫花子,是共产党救出苦海的呀! 孩子,爹实在……"

孟凯惊奇地拉住爹的手问:"爹,啥抠耳勺?"

"瞎,这小玩意儿现在很少见了,商店都讲究自负盈亏,挣大钱,角儿八分钱的小买卖没人做啦。"

孟凯一听,顿时心花怒放,高兴地说:"爹,越没人做的生意越有意思,咱给社会上补缺嘛,你把这手艺传给我,抠耳勺可能也是群众需要,弄个块儿八角的,省得你们为我着急上火。"

孩子的请求,老孟夫妻也觉得在理,于是说干就干了。

谁知孟凯第一次上街卖抠耳勺就出了洋相,他站在商场门口,顺脑门子直冒热气,脸比巴掌打的还红,人越围越多,他恨不得找个地缝钻进去。

这时,从人群外挤进来一位二十来岁的姑娘。只见她身穿紧身衣裤,披肩发,粉面朱唇,赤金耳环,鸡心项链,宽边大墨镜,手提一只精巧的手提箱。

众人一瞧这姑娘的穿着打扮,猜测她准来历不凡,可能是位华侨小姐吧?

只见她仔细地观赏一会孟凯手中的抠耳勺,又上下打量一下孟凯,嗲声嗲气地说:"太美啦,这简直是一件精巧的艺术品。请问先生,这卖多少钱一个?"

孟凯叫她看得发毛,他急忙答道:"啊,不是,是……卖,三毛、一元……啊,两毛。"

众人都笑了。

姑娘说:"先生,请不要着急,说清楚些。"

孟凯稳了稳神,说:"这银质的'二龙戏珠'两元;铜质的'嫦娥奔月'五角;铅质的'旭日东升'两角……"

那姑娘高兴地说:"你还有多少货,我全包了。不过,我们得先订个合同。"

孟凯一听差点乐出声来,心说:这可活该我孟凯运气。于是忙说:"你需要多少,我加工多少。"

"先生贵姓?"

"我叫孟凯,家住永乐街75号。小姐,你是……"

"到宾馆再谈吧,我去叫辆车来。"

"如果你不嫌弃,我这有辆自行车。"

姑娘微笑着点了点头,便坐上了孟凯自行车的后座。

孟凯用自行车驮着这位华侨小姐,按照她指的方向,飞驰前进。

骑着,骑着,孟凯心里犯了疑:这不越走越远吗?眼看到城郊林家镇了,这哪儿有宾馆哪……我可别上当呀!想着,车子不觉已进了镇西口。

这天,正是大集,大街上十分热闹,那姑娘跳下车,对孟凯说:"先生,请你把抠耳勺拿出来吧。"

"干啥?"

"卖呀!"

"咱俩不是订合同吗?"

"我要先考查一下你的货是否有竞争力。"

"这……"孟凯愣住了,心说:好厉害的小姐呀!

孟凯心想:这财神爷不能得罪。只好把抠耳勺又一个一个地插在秫秸上。

他一边插一边向姑娘介绍抠耳勺的加工过程。

忽然,有个老头高声赞叹:"哎呀! 真是稀罕物,瞧这抠耳勺,做得多精多巧。"

随之,人们就围了上来。

华侨姑娘像主人似的介绍、推销,不到两个钟头,抠耳勺卖光了,人们还依依不舍地围着这对年轻人。

孟凯抱歉地说:"小姐,咱们的合同……"

姑娘微微含笑说:"通过今天市场调查,说明孟先生的货还是很受欢迎的。这样吧,后天上午八点,我在这里等你,你多带货,到时候咱们面谈。"说罢,冲孟凯甜甜一笑,向市场深处走去。

孟凯见小姐走了,他也收拾一下回家。

拐过街口,还没进家门,他发现人们看到他都是笑脸相迎,个顶个的咬耳根儿。

咋回事呢? 原来早已有人把孟凯和华侨小姐订合同的事传开了。

邻里们这个问:"小凯,怎么样,能不能出国?"

那个说:"小凯家这回要发财了。"

孟凯他妈拉着儿子进了屋,老孟凑到跟前,听儿子把前后经过一说,老两口乐得合不上嘴。

转眼三天已到,孟凯带着耳勺来到林家镇大集。

八点一过,只见一个熟悉的身影向他走来,一看正是那位华侨小姐,不过今天装束变了,手里提了皮箱,只是那副宽边大墨镜仍然遮住了她半张脸。

姑娘一见孟凯,只说了声:"对不起,让你久等了。"就打开皮箱,从里面掏出一条线毯铺在地上,又拿出一条红布往毯子前一放,上写"孟记抠耳勺,孙记老头乐,祖传手艺,物美价廉"几个大字。

孟凯丈二和尚摸不着头脑,愣愣地问:"你这是……"

只见姑娘打开皮箱,拿出一捆痒痒耙晃了晃,随后摘下墨镜,笑着说:"老同学,不敢认了?"

孟凯定神一看:"啊?孙芳,你这是变的哪出戏法呀?"

四年前,孙芳初中没毕业,就被一家文工团抽去当临时演员,在一次演出中,后台失火,孙芳为了抢救国家财产受了伤,不能再演戏了。文工团安排她在后台干杂务,孙芳不忍心白拿国家的工资,就回家自谋职业。

因为她家有祖传做痒痒挠的手艺,俗称"老头乐",官名叫"如意",她就起了个营业执照。

有一天,镇委安置办宋主任把她找去说:"单丝不成线,独木不成林,我给你介绍个小伙子怎样?"

"主任,我还小……"

"不,我是给你介绍一个卖抠耳勺的小伙,也是祖传手艺,他姓孟,你们俩合开一个'敬老服务部'不是很好吗?"

孙芳一听,虽然点头说行,但心里总不落底,因为她不知道这姓孟的是什么样人,品行如何,只好说回家商量商量再说吧。

孙芳告辞宋主任,当她来到商场,见一群人围着一个小伙,近前一看,原来是卖抠耳勺的,再仔细一瞧,是初中同学孟凯。

难道宋主任说的就是他?

她一看孟凯那窘样,心想:真老外,卖抠耳勺也不能在这儿卖呀! 我得给他找个台阶下。

怎么办呢? 进去拉他出来又不好意思。她灵机一动,计上心来,我何不利用一下刚给镇宣传队买的服装扮个华侨,一来可以救急,二来可以提高一下卖抠耳勺的声誉。于是,就演出了一场华侨女巧戏卖抠耳勺的喜剧。

孙芳说明前由,孟凯如梦方醒,两个人乐得前仰后合,随着欢笑声,迎来了很多很多顾客。

（尹希怀）

推 测 心 理

卓越的企业家具有杰出的洞察力,足以从充满不确定的社会现象中,准确地预测出今后的演变。

给你家送"财"

　　鄂东罗田石源河村,有个名叫吴公华的农民,是个脑子灵活、善于掌握人们心理的聪明人。

　　有一年正月初一,他到县城有事,经过农贸街时,忽然看到十多个人挑着柴在卖。这些人原以为正月初一卖柴的人少,可以卖个好价钱,却不料大年初一,人们不是在家里欢聚,就是外出探亲访友拜年,根本没人到市场上买柴。这些卖柴人左等右盼,无人问津,不由急了。他们想:挑回去吧,都是大山里人,进趟城不容易,十多公里的山路,来来去去,谁吃得消?不要了吧,大老远挑来,多可惜呀!

　　吴公华看到这些卖柴人焦急不安的样子,顿时心里一亮,就走上前与他商量起来。卖柴人见他愿买,心里一块石头落了地,十多个人都以最低价卖给他,还横谢竖谢,感谢他帮了他们的忙。

吴公华买下柴后,把柴一担担分好,然后挑到各家各户去。每到一户门前,他就高声喊道:"拜年啦!"

主人见来了客,便拿着鞭炮出来迎接。这时,他就说:"我给你家送柴来了,你家要不要?"

这本是一句普通的问话,可"柴"与"财"同音,又是新年头一天,如今人们讲吉利,人家送"财"来了,你能说不要吗?

于是,凡到一家,主人都是高高兴兴、满脸笑容地说:"要,要'财'!"说着,还燃起鞭炮迎接。平时人家买柴不但要过秤,还要论斤计两,讨价还价。可今天是大年初一,人家不但不过秤,不还价,而且高兴地甩给他两张、三张"大团结",还请他抽烟、喝茶、吃糖果。遇上家境更宽裕的,人家一甩手就是一张"工农兵"。

原本没人要的木柴,到他手里却成了俏货,半天时间,他就从中赚了大钱。他的这一招,就是因为他掌握了人们的心理,而发了一笔财。

(王松平)

　　顾朋和钱缘俩夫妇退休后无事干,就在东街开了一家取名"怡红酒家"的饭店。

　　说起来顾朋也算是美食家,而钱缘呢,也算行家里手,又请了一位市里的名师主厨。开张那天,乐队吹得震天响,可是几周下来,顾客却寥寥无几,服务员都打瞌睡了。

　　这情景把老两口弄懵了,他们坐下来认真研究这事。顾朋说大概是宣传不够,得去电视台做个广告;钱缘说,派几个漂亮姑娘在门口站着,肩佩绶带,主动邀请顾主。两件事一提出,均无异义,都照办了。

　　电视台的广告,由顾朋想了几句顺口溜:休闲请君来怡红,喝茶打牌会亲朋,佳肴让您饱口福,逍遥愉快又轻松。

门口也站着四个花枝招展的妙龄女郎,向来往过客热情招呼。

可是,广告做了,小姐站了,一周过去了,似乎也没多大变化。

这样一来,老两口实在没新招了。

这时,顾朋的儿子顾伟绩从海口回来。他是商潮席卷而来时去的海口,在那里开了个公司,自任总经理,赚了不少钱。这次因一笔生意要打理,顺道回家来看看父母。

他一到家,听邻居说父母开了家酒店,就迫不及待去看看。他快步走到东街,"怡红酒家"四个字映入眼帘,进门时,四位小姐彬彬有礼地笑脸相迎,走到内室,才看见父母都坐在沙发上,正在品茶。

顾伟绩忙向二老问安:"爸,妈,身体好吧?"

父母亲看见儿子回来,分外高兴,说:"退休了,没事干,找点事做,对身体也有好处嘛!"

一连两日,顾伟绩见饭店生意清淡,问道:"爸,妈,这生意怎么这样冷清呀?"

"不知是什么原因,我们能想的法子都想遍了。"

顾伟绩偏着头想了想,道:"有了,爸,妈,我看你们这酒家的招牌就有问题。"

"招牌有问题?"两位老人不约而同地问。

顾伟绩点点头说:"是呀,'怡红',这不是《红楼梦》里的怡红院嘛,这哪适合用作酒家的招牌。我看呀,不如改了吧!"

"改什么呢?"

"改个特别点的,要与人家不一样……对了!爸,妈,现在全国各地走上领导岗位的,差不多都是我们老三届的知青,不如改成'知青餐座'好,不要老一套什么酒家、酒家的。他们要谈什么事儿,看着我们这个招牌亲切,就会选我们这儿来。爸,妈,你们看如何?"

老两口想了想,点头同意。

于是关门三天,做新招牌。

"知青餐座"招牌挂出了,顾朋又想了几句顺口溜:知青请到这里来,保你心情会愉快;回忆当年知青事,返璞归真笑口开。

内堂按顾伟绩设计,均用竹桌竹椅;盛饭菜不用细瓷碗盘,全改用茶缸脸盆;菜肴全是粗菜细作,保留当年知青插队落户时的简朴风格,不以大荤大油为主,给知青顾客以真实回味。

果然,这么一变化,真是大不一样。凡是知青出身的,一看到这招牌,就说进去试试,是不是有知青生活的味道。凡来这里就餐,既省钱又能吃饱、吃好。消息一传十、十传百,从此天天宾客盈门。

顾朋夫妇感慨地说:"以后做事真得向儿子学学,多用用脑子啊,思路不一样,结果就大不一样!"

(陈学名)

匠 心 独 创

一个人的经验是要在刻苦中得到的,也只有岁月的磨炼才能使它成熟。

　　清朝乾隆年间,北京有个青云楼酒家,酒菜俱佳。老板李青云为人精明,有钱人来了热情招待,没钱人来了也不怠慢,因此生意特好。

　　这天,北京第三大钱庄的老板马庆余在青云楼请客,有头有脸面的都来了,开了二十多桌酒席,直忙得伙计们跟花蝴蝶飞似的。

　　正喝得热闹时,门外进来一个书生,一身蓝衫虽不破,可也不新了,上面还有许多油污。他往靠门口的空桌旁一坐,道:"小二,拿酒来。"

　　小二虽然忙得不可开交,可老板总让他们待客不分贫富,所以不敢怠慢,招呼着沏了一壶茶,转身又去伺候马老板的客人了。

那书生一壶茶喝完，见没人再过来招呼他，不由愠怒，大声叫道："小二，拿酒来！"

小二这才想起这边还撂着一位客人，忙不迭地端过酒壶和酒杯。书生却把手一挥，说："太小，换大的。"小二一愣，又去抱过一坛状元红，一个海碗，不想书生仍不满意，"还小，拿大盆来！"

此言一出，客人们都回过头来。小二心想：我长这么大还没见过用大盆喝酒的。这人怕是找碴的吧？想说两句，转念一想：今儿个马老板请客，别在这节骨眼上生事。当下照吩咐端过一只大盆，又抱来两坛酒。

只见书生慢条斯理地把三坛酒全倒在大盆里，然后把靴子蹭掉。客人们见书生脚上穿的那双袜子都没底了，正想笑，不料，书生竟把袜子也脱掉了，把脚伸进大盆，旁若无人地洗起脚来。

众人见了，又气又恼，这不明摆着是侮辱我们吗？青云楼的伙计们更想把那书生拉出去痛打一顿。正在这一触即发的时候，马庆余站起来走到书生跟前，深深一鞠躬，说："请教尊姓大名。"书生也不回礼，大大咧咧地搓着脚丫，回答："学生姓吕名厚。"

马庆余仍是客客气气地说："在下马庆余。请问兄台，这盆酒卖不卖？""啊……"众人顿时张大了嘴，就连书生也一愣。

马庆余怕对方不相信，又开出价来："我出三百两，一百两一坛，怎么样？"在一旁的小二着急了，这三坛酒也就三两银子吧，这小子的脚就是人参芝草，泡出来的酒也不能这么贵呀。更有一些人在想：马老板真不简单，想来他是把酒买下，然后再灌进书生肚里去，嘿，等着看好戏吧！

那个叫吕厚的书生回过神来，想了想，说："我本不想卖的，可我手头正缺钱花,就卖给你吧,三千两!"

"哈哈……"众人大笑起来,"这人酒没喝,醉得可挺厉害。"不料马庆余当即从怀里掏出三张银票,恭恭敬敬地递过去:"三千两非小数,兄台拿着多有不便,这三千两银票全国通兑,请笑纳!"

吕厚接过银票,才扫了一眼,顿时一愣,这哪是三千呀,分明是三万。他抬头看看马庆余,马庆余微微点头。吕厚不再多说,接过银票放入袋里,似乎还不满足,伸出手来道:"还要再借五两。"马庆余很干脆地掏出五两碎银,吕厚接过顺手掷给小二:"去给我买条毛巾,剩下的赏你了。"

小二买来毛巾,吕厚擦过脚随手一扔,依旧把破袜破靴穿上,扬长而去。

吕厚一走,马庆余吩咐随从把那盆洗过脚的酒装回三个坛子,封了口,回身对众人道:"今天请客本意是想花掉两个,不料又赚了一大笔。小二,另开一席,庆贺庆贺!"

众人迷惑不解,以为马庆余神经出了毛病。而这时,青云楼老板李青云走过来,说:"马老板,你这三坛酒卖给我吧?"马庆余想也没想,一口回绝道:"不卖。""我出三万两!"李青云一急,开出了大价钱。众人闻言大哗,今天怎么啦,净出疯子?而马庆余还是摇头。

李青云退一步,抄起一条凳子,对准了酒坛,像跟谁吵架似的嚷道:"我出十万两,你要再不卖,我可要得罪了。"

马庆余眼睛一转,笑道:"好吧,难得你识货,就卖给你吧。十万两,便宜你小子了。"

酒宴散了,一群商人都围着马庆余,大家对他都佩服得不得了,纷纷打听其中奥秘:"你怎知道李青云定要买这酒?他和你要这洗脚的酒干啥?"

马庆余一边走,一边摇头,怎么也不肯透露,还一个劲地说:

"天机不可泄也……"

好在不久疑团就解开了。李青云把这三坛酒摆在青云楼上,他花十万两银子买三坛洗脚酒的事不胫而走,青云楼成了京中一奇,知名度大增,好奇的人们蜂拥而至,没出三个月,他青云楼的酒菜净赚20万。人们这才相信李青云确实不是傻子,他是有商业眼光的。

其实,马庆余也是大赚了一笔!那书生吕厚本是个落魄的举人,腹中才学尽有,只因没钱打点,才一直没出头机会。后来得了马庆余三万两银子赞助,便得以打通关节,当年就高中进士。马庆余又帮他花钱运动,吕厚很快就官运亨通,官至吏部尚书。他感激马庆余的慧眼和巨资帮助,对马庆余事事照顾,使马庆余手眼通天,生意越做越大,赚了何止千万。相比之下,那十万两真是小小的成本了。

由于吕厚平步青云,反过来又使青云楼那三坛洗脚酒真成了宝贝。来京应试的举子们千方百计地求盅洗脚酒喝,以期沾点儿灵气和福气。这使得青云楼又赚了更多的钱。

后来八国联军进京,青云楼的后人万贯家财不要,却背了这三坛洗脚酒逃亡,使洗脚酒得以延续下来,行家品后称有独特酱香云云。

(张东兴)

妙笔生黄金

　　清末民初,浙江南浔有一富商,名叫周庆云。周庆云以经营蚕丝起家,后又转营盐业,数年间成了浙江盐商的头面人物。

　　北伐战争期间,周庆云担任浙西苏南五属盐商公会的副会长,在浙西苏南一带盐业界声名显赫,举足轻重。当时,因各地战火烽起,运盐途中颇不太平,加上盐价又是执行统一规定,盐商颇感利薄,纷纷向周庆云反映。周庆云听了,感到这件事不但关系到他人的利益,也于己有关,因为他周庆云的全部资产已投资到盐业上去了。然而,当时北洋政府对盐价卡得很死,未经政府批准,不得私自提价。

　　于是,周庆云决定公事公办,动手向政府打报告,要求食盐的批发价每百斤提价一元。

谁知周庆云刚刚铺开稿子,忽有人来报信,说是南浔家中夫人得了重病,要他速归。周庆云接信后十分焦急,当即关照秘书,要他起草一份提价报告,写好后立即送北洋政府。说完,他便匆匆赶往老家,看望夫人去了。

半个月后,夫人病情好转,周庆云马上回到杭州盐商公会工作。一到办公室,秘书便告诉他,政府批文已到,没有同意提价请求,说着便将批复递给了周庆云。周庆云一看,批复是直接写在那份请求提价的报告上的,只见上面写道:"盐价关系大众,如此涨幅惊人,实难接受,不予同意。"周庆云看后不由皱起了眉头,心想:如果不能提价,这一年工夫就是几十万的损失呀!想到此,他又仔细地审读起秘书写的提价报告来了。

当他看到秘书写的"每百斤盐提价一元"时,不由眼睛一亮,脸上露出了笑容。当下铺开纸笔,抿了一口清茶,重新起草一份提价报告。

周庆云文笔不错,他先来几句美言,说什么,接批复后颇为感动,盐价确实关系到大众利益,不能任意涨价,政府决策英明云云,然后他笔锋一转,叹起了苦经,说是由于成本涨价等等,实难维持经营,经再三研究,既考虑大众利益又考虑盐商利益,特申请每斤盐提价一分,盼能照准。写好后当即寄了出去。

十天后,批文又到了,审批的官员被那"每斤一分"的言语迷惑了,大笔一挥同意了提价申请。

周庆云笑了。那秘书知道,却连连摇摇头:"每百斤一元"和"每斤一分",本意完全相同,却会换来两种不同的批复。不过,从这件事上,他不由对周庆云又生了一层敬意。

就这样,周庆云妙笔生"金",大大地赚了一笔。

(丰国需)

菜刀大赊销

　　江东福利厂的职工几乎是清一色的聋哑人,产品是哑巴牌菜刀。按说这菜刀钢好刃快,远近闻名,且是免税产品,工厂日子该好过。可也不知怎么弄的,近来生意越来越难做,产大于销,工厂成了个烂摊子。为此郑厂长绞尽脑汁,使遍全身解数,但被动局面依然没有改变,眼见江东福利厂就要倒闭,郑厂长急得指天划地地喊:"哪个能把积压的60万把菜刀销出去,我这厂长让他当,劳务报酬从优再加倍!"

　　消息传出去,有位裴姓公民找上门来,开门见山地说:"听说贵厂菜刀积压求售?我想试试。"

　　郑厂长瞧瞧那人的样子,有些不大相信:"你能行?"

　　老裴不愿兜圈子,直话直说:"信得过我,咱谈条件,这菜刀每把成本价多少？销售价几元？你的主要销售途径是什么？你现在还是产大于销吗？"

到了这个时候，郑厂长也只能死马当活马医了，他老老实实地回答："每把成本价约两元，销售价五元，销售途径分两路：一是新老客户上门批发；二是销售人员外出销售。两条路都不理想，现在菜刀市场已经饱和，产品产大于销。"

老裴说："过两天我再来。"

过了两天，老裴来了，冲郑厂长说："你那菜刀我帮你卖50万把。但有条件，每把3元5角，我要赊销，三年内还钱。你不用害怕，我联合了几家亲戚，用我们的房屋、财产通过公证作抵押，三年终了，还不上刀钱，你把我们的房产收了，如何？"

郑厂长不傻，埋头一算：50万把菜刀卖不出去，那就永远是一堆铁。三年终了，如果真能卖了，那就是175万现款，而菜刀的成本充其量只有100万元，就是卖不出去，那还有房产作赔偿。值！

于是郑厂长与老裴签了合同，菜刀按老裴开列的清单，从江东发往北方十个省城，每个省城一车皮。

三年终了，郑厂长接到175万元的巨额汇款，高兴得他差点晕过去！

不久，老裴再次来到江东福利厂，郑厂长半信半疑地问他："你当真将那些菜刀都销出去啦？"

老裴叹了口气："当真，只可惜不够卖的，我知道，凡事不能做到顶端。"

郑厂长一脸谦恭地说："能说说你是怎么销掉这么多菜刀的吗？我说话算数，这厂长肯定让贤给你。不过，我只想听听，我无论如何也想象不出你是怎么将那么多积压产品变成现钞的。"

老裴微微一笑："我也担了风险。可是，我又绝非盲目从事，在与你签约之前,我仔细考察了粮食市场。"

"粮食市场跟菜刀风马牛不相及啊?"郑厂长更糊涂了。

"嘻嘻,奥妙就在这里。"老裴慢慢悠悠地说,"三年前的粮价平均每斤约4角,根据党的农村政策,我预感到它至少要提到1元左右。为此我招聘了大批有财产抵押的业务员,培训后,让他们拿着我印的赊销合同书,分头到各地农村赊销菜刀。我们的宣传词是:'一把菜刀6元钱,什么时候收钱? 等粮价涨到1元时。'农民听了欣欣鼓舞,粮食涨到1元,日子便好过了,六斤粮换一把菜刀,够用几十年。于是他们都把身份证掏出来,签约,赊刀。我只用了一年时间,就将50万把菜刀赊销一空。"

郑厂长像听神话,细琢磨:怎不是这个理儿呀,自己为什么就没想出来呢? 愣了半晌,他又问:"你赊销,假如人家搬走,那钱岂不是瞎了? 再说,粮价万一涨不到1元,你跟谁要去?"

"当然,有搬家的,甚至还有死亡的,但毕竟是极少数,而我用赊销的办法,一把刀提价1元,就多赚了50万元,足够赔的。至于粮价真的涨不到1元也不必害怕,农民是善良的,他不会为六元钱跟你打赖。这次除去还你本金,发推销员奖金外,我净赚了一百多万,哈哈哈……"

郑厂长很严肃地站起来:"老裴,君子一言,驷马难追,这个厂长让你来当,我情愿在帐下听令。"

老裴笑了:"我不是当厂长的料,只是开动脑筋想出了这么个借鸡生蛋的主意。说穿了,还是应当感谢贵厂,否则,我哪里挣钱去……"

(顾文显)

捐款有文章

有道是:"三十而立。"可王大发却年过四十才创业,办起了一家私营旗帽厂,生产各种彩旗和各类帽子。虽是小打小闹,可十年下来,他却也腰缠万贯,进入了大款行列。

如今王大发已经五十多岁了,快节奏的工作使他明显感到力不从心,不由萌生退意,将旗帽厂移交给自己那二十刚出头的儿子王汝峰接管,他自己索性屁股拍拍去北戴河疗养去了。

谁知他去了才一个月,家里出事了。

这天,他以前的副手赵阿祥打来长途电话:"啊呀,王厂长,你快点回来,你那个小王厂长发神经啦,说是省里要开运动会,他一下子捐了20万。"

"什么,20万?"王大发心都痛了。

"是呀，省里开不开运动会和我们搭啥界？何必去充大好佬。可我再三劝他，你那宝贝儿子偏偏不听。唉，王厂长，你还是快回来吧……"

王大发一听，人都差点气昏过去：自己赚点钞票不容易呀，可这败家子出手就是 20 万。这样下去，就是金山银山也不经他花呀。王大发再也坐不住了，当即买机票飞了回去。

回到家中，王大发看到儿子就是一顿臭骂。王汝峰却笑嘻嘻地对他说："爸爸，钱要会赚也要会用，你看，我花了区区 20 万，却上了省报的头版呢。"说着，拿起桌上一张报纸递给王大发。

王大发火了，一下将报纸撕得粉碎："你呀，你真是个败家子呀，你为了出风头，出手就是 20 万，你可晓得这些钱我是怎么赚来的？这些年来我什么苦没吃过？可你……"王大发气得话也说不出了，朝他摆摆手道，"好了，好了，从明天开始，这爿厂你不要管了，再让你管下去，非倒闭不可。"

王汝峰微微一笑："爸爸，你认为我真的是为了出风头吗？你别忘了，我是经济系毕业的高材生，我这么做也是一种投资呀！"

王大发奇怪了："投资，什么投资？"

原来，王汝峰是个颇有心计的年轻人，他知道，省里这次运动会规模空前，在全国也有一定的影响。他经过仔细分析，认定国内外一些著名厂家为了占领该省市场，必定会在这届运动会上大做文章，于是捷足先登，第一个向组委会捐款。果然，组委会为了感谢他们厂对省运会的支持，便将运动会所需彩旗、运动帽的生产任务全部交给了他们——王汝峰轻而易举地就获得了本届省运会彩旗和运动帽的独家生产权。

王大发听到这里，不由觉得儿子的做法有点道理，可盘算过后却马上又晃起了脑袋："独家生产权好是好，可你抛本太大，你也不算一算，毕竟是 20 万呀。"

王汝峰笑了："爸爸，现在做生意再用老眼光是不行了……"

王汝峰话刚开头，只见赵阿祥匆匆忙忙跑了进来："小王厂长，快，国外有家'欧尔普'公司要同你谈生意，说是要订咱们厂生产的运动会彩旗。"

"当真?"王汝峰眼睛一亮，得意地朝王大发扮了个鬼脸，跟着赵阿祥匆匆而去。

事情的发展果然如王汝峰所料，欧尔普公司已经出巨资购下了省运会火炬接力跑标牌的广告权，为了再将广告做到彩旗上，他们又出巨款向小王他们厂订购了十万面彩旗。国内的一些大企业也不甘落后，纷纷订购运动帽，在帽子上打广告。一时间，这家小小的旗帽厂日夜加班都来不及，王汝峰便将一大半业务以外加工的形式包了出去……

事后一结账，王汝峰这一招盈利远远超过王大发十年办厂收入的总和。

王大发拨了半天算盘，喜得连嘴都合不拢，半天才说了一句话："看来，我交班是交对啰!"

（丰国需）

租鸡生大蛋

麻石镇的顾老头是开杂货店的。一次,他在外面看到一批草席,出厂价每床才五元,觉得这草席弄回来每床卖 10 元没问题,便一下进了 500 床。不想,这年夏天流行竹凉席,草席只销出二十来床。眼看这笔生意要亏本,他选择时机,准备削价处理。

第二年刚入夏,顾老头就在店门口贴出告示,上面写着几个大字:草席削价处理,每床五元。可告示贴了好久无人问津。

这天,顾老头坐在店里又为这批草席犯愁,住在镇上外号叫"长脚"的胡强跑来了:"顾老板,你这草席每床卖五元,岂不亏了?"

顾老头叹着气说:"亏有什么办法,现在五元一床都没人要哟。"

长脚说："你还有多少货？"

"470多床"。

长脚说："我统统要了。"

顾老头怔了："你统统要？"

"这还有假。"长脚说着，当即从身上掏出一叠钱，嚓嚓地数了往柜台上一放，然后出门叫来两辆板车，装上草席，朝汽车站拖去。

顾老头挺纳闷：这个长脚要将这批草席销往哪里？

两个多月后的一天上午，顾老头忽然看见长脚正从车站方向走来，身后还有两个拖板车的人，那板车上装的就是他卖给长脚的草席，显然，这草席长脚没销出去。老实的顾老头有点尴尬，正想回避，长脚已打招呼了："顾老板，这草席我又运回来了。"

"是没销路吧？"顾老头不好意思地问。

长脚一笑道："我销它干吗？我明年还要用它赚钱呢！"

顾老头问："你用它赚钱？"

长脚说："是啊，你这些草席为我赚了不少钱呢。"

原来，这几年长脚在省城做生意。这省城是有名的"火炉"，入夏后，省城的一些人，尤其是住在中心广场附近的一些居民，都喜欢跑到广场的草地上乘凉过夜，一些外地来这里做生意的人也不愿住旅店，纷纷效仿。长脚灵机一动，他想：广场附近的居民来这里过夜，一般都自带草席或凉席；离广场远一些的人，尤其是一些外地做生意的人，在此过夜往往没有草席。如果自己白天在省城做其他生意，晚上到此出租草席，岂不赚他一笔？这一想，他便从顾老头那里弄来了这批削价草席，运到省城，干起了这桩生意——每夜出租一张草席两元，一夜可赚一两百元，两个多月下来，除去各项开支，光这笔生意就赚到了四千元。

顾老头听罢，呆在那里好久一动也不动。

（张伟良）

黄海市供销社举办"迎春商品展销会"。

这天一开门，每个柜台前就都挤满了黑压压的人群，人们争相购买自己喜爱的物品。

有位中年妇女来到小百货柜台前，说："同志，我买一件灰色的布围兜。"

"对不起，灰色的没有了。"女售货员话音一落，那女顾客满脸失望地摇摇头，扫兴地走了。

就在女顾客扫兴而去时，走来一位穿灰色中山装的老头，笑呵呵地对女售货员说："同志，能不能让我帮你站两个小时的柜台，我有本领把其他颜色的围兜卖掉，她要灰的，我能叫她买白的，信不信？"

"你——"女售货员不高兴了。她想：你这不是批评我无能吗？这糟老头是哪里的？会不会是神经病人？她本想立即奚落老头一番，但还是忍住了。她想：待你卖不出去，再羞辱你不迟。于是，说道："老先生，你也当过售货员？好，请！请你显显身手，让我开开眼界。"

两人正说着，只见走来一位三十多岁的妇女："同志，我买件灰色围兜。"那老头立即反客为主，笑脸相迎："这位大嫂，实在对不起呀，灰色的刚卖光，等半个月才能进货。你能不能买件白围兜先用呢？"

"哦，白——"

"白围兜醒目，清洁卫生！最近，不少顾客对白围兜很感兴趣。每天卖出不少哩！"

女顾客本来不想买白的，听老先生这么一说，看老先生这么诚恳、亲切、热情，就动心了："行，那我就买白围兜吧。哎呀，这白的不耐脏啊！"老头儿一听，呵呵笑道："大嫂，您说得很对！白色的是不耐脏，所以你得再买一件替换着穿，天天新，天天洁白、漂亮！"因为老先生说话亲切，态度诚恳，无形之中对顾客产生了一种魅力。

女顾客买了两件白色围兜，高高兴兴地走了。接着，老先生因人而异，又卖了好几件。女售货员一个月卖不出一件白围兜，而老先生一会儿就卖出好几件，站在一旁的女售货员看呆了。她既佩服、又惊讶地说："老先生，你真行，你在哪个单位工作，是不是老营业员？"

老先生笑而不答，从怀里摸出一张名片，递给女售货员。女售货员接过一看：省供销总社高级顾问张继祥。

她惊喜地握住老头的手："您原来就是著名的百货大王呀！"

（吉茂青）

出 奇 制 胜

高层经营者的经营哲学,不仅需要活用在日常的业务活动上,同时需要活用在足以左右企业命运的重要策略性决策上。

摔瓶获金奖

　　"茅台"是从民国初年被列入世界名酒的,提起茅台酒得奖的来历,里边还有段小故事。

　　当年,中国商人带着茅台酒参加在巴拿马举行的国际商品博览会。当时因为中国贫穷落后,在国际上的地位很低,特别是一些西方国家,根本就瞧不起中国,加之参加评比的茅台酒装潢很不显眼,因此,第一轮初选就被淘汰,连酒种都未选上。

　　中国酒商赵唐为茅台酒落选万分焦急,他虽是中国酒商中的佼佼者,可是面对那些黄头发、蓝眼睛、高鼻子的评委和专家,他无法用语言去解释,更不能硬拉着他们来品尝茅台酒。但他深信,中国茅台酒的质量是上乘的,绝不会低于其他国家入选的酒。因为茅台酒酿造技术独特,加之气候和水质只有茅台村才具备这种特有的条件,别处想学都无法学到。从清朝康熙年间到如今,茅台酒始终是中国十分名贵的宫廷御酒,这样的好酒落选,实在太不公平。

赵唐越想越着急,一连几天食不甘味,夜不能寐,他苦思冥想,决心设法让茅台酒入选,绝不能这样灰溜溜地回去。他想:只要设法初选入围,肯定就能得奖。

可用什么办法使它初选入围呢?他独自在评选大厅内兜来转去,仍没想出什么高招。

回到宾馆,赵唐本想躺在床上静一静,可他刚往床上一倒,就听到吃晚饭的钟声响了。他起身步入餐厅,迎面闻到一股炒菜的香味,不由顿开茅塞,一条妙计涌上心头。

他急忙吃罢晚饭,把随行人员叫到一起,如此这般地说了一番。

第二天,赵唐很早就带着随行人员来到评选大厅,等候评委和专家们到来。

因为这天是博览会评委对各国入选酒种进行复审,并当场决定落选的酒分别由该国自行撤出评选大厅。

上午十点钟,评委们和各国酒商越过中国茅台酒展台,正对一个国家入选酒种包装大加赞赏时,赵唐命随行人员马上把茅台酒收起来装箱。

他在装箱时,故意装作不当心,只听"乒乓"一声,一瓶茅台酒掉在地上,摔了个粉碎,酒洒了一地。

可就在此时,整个大厅内香气四溢,醇味袭人,一股少有的酒香沁人心脾。

在场的评酒专家大为惊异,他们马上凑到赵唐面前问道:"刚才摔破瓶的是什么酒?"

赵唐忙客气地说:"是中国的茅台酒。"

一位专家看到随行人员装箱,说:"这么好的酒,怎么没有选上酒种?"

赵唐说:"中国有句古话,只有伯乐才能识别千里马。此酒没有入选,是各位专家尚未发现。"

随即,他命随行人员迅速打开几瓶茅台酒,请专家们品味。果然,之后专家们拿着茅台酒不住地喊"OK",个个赞口不绝。

这时,各国酒商纷纷凑过来品味,都喊好叫绝。

这一来引起了组委会专家组的重视,当场决定中国茅台酒初选入围。

后来,不出赵唐所料,经过评酒专家和各国酒商多次品评,都交口称赞中国茅台酒是世界上等名酒。最后评选,以压倒多数的总分,茅台酒一举获得巴拿马国际博览会金质奖。

从此,中国的茅台酒闻名于世界,并列为世界三大名酒之一。

(黄学通)

醉
翁
意
在
酒

　　省城"都市酒家"这一天来了六个顾客,为首的大胖子一口
气就点了将近八百元的菜。

　　侍从小姐讨好地介绍说:"请问先生们喝什么酒? 我们这里
国外洋酒、国内名酒,什么牌子的都有。"

　　大胖子叫道:"我们要喝'醉翁酒'。"

　　侍从小姐一愣:醉翁酒? 好像前几天饭桌上有人说起过,这
醉翁酒只不过是邻省一个小县酒厂的新产品,市场上还不怎么
走俏呀。

　　"对不起,我们这里没有醉翁酒。喝别的吧?"

　　一桌人吵吵嚷嚷:"这醉翁酒味道好极了,我们喝顺了……
实在没有,那我们就换过一家……真是,这么好的酒都没有,算什么酒家!"

大胖子领着一班人拂袖而去。

侍从小姐见走了一批生意,很是心疼,想起酒家经理曾叮嘱要随时了解报告顾客的消费信息,便立即向经理作了汇报。

经理得知,便马上通知采购员老邱去邻省采购一批醉翁酒来。

老邱心里却困惑:一个名不见经传的小县城,能产出什么驰名好酒?然而,经理的旨意老邱不能贸然违背,第二天,他便登上了去邻省的火车。

坐了火车坐汽车,老邱一路打听,终于找到醉翁酒厂。一看,不由大吃一惊:天哪,省城几十家酒家的采购员已经捷足先登,买酒还要排队。

老邱不禁犯了疑:这醉翁酒果真如此跑火?

老邱费了九牛二虎之力,总算为自己酒家弄到十箱醉翁酒。他好奇地问那些同行:"你们那里也走俏这种酒?"

"是呀,这几天接连几批顾客来吃饭,都嚷着非喝这种酒不可,没有,他们就抬脚走。"

老邱这才恍然大悟:这个广告,做绝了!

(聂牛生)

超常经营术

　　在邓镇十字街口最热闹的地方,三天前从南方来了一位姓王的服装个体户,张口出一千块月租金,高价租下了一家私人门面房。第二天牌子一挂,鞭炮一放,就正式开张营业了。

　　由于王老板服务热情,待人谦和,所以一天到晚顾客盈门,生意兴隆,两天下来,便把附近的几家服装生意全顶了。

　　这天傍晚,王老板正要关店收摊,突然从门外闯进来四五个小青年。他们二话不说,有的抓起服装往地上扔,有的推倒了衣架,用脚把衣服踩得不成样子。

　　这么一闹,顿时引来许多围观者,在门前里三层、外三层围了个水泄不通。

　　王老板见这架势,知道来者不善,忙赔着笑脸敬上好烟,躬身小心地说：“兄弟，兄弟，有话好说，有话好说。”说着，“啪”打开气体打火机给点上烟。

领头的大个子青年斜眼盯着王老板的脸，凑近打火机燃着烟，深吸一口后，放肆地冲着王老板的脸把烟圈喷过去，皮笑肉不笑地说：“老板，看你是个见过世面、闯过码头的人，咱哥儿们有件事想跟你商量商量。”

“哎哎，好说，好说。”王老板一边点头应着，一边从衣袋里摸出一叠钱塞给对方。

谁知大个子一扬手，“啪”一下打掉王老板手中的钱，瞪着眼珠恶声恶气地说：“咋？你当咱哥儿们是土匪，来讹你钱的？告诉你，犯法的事咱哥们还不干哩！”

“那……那兄弟想、想干啥？”王老板拾起钱，困惑地望着大个子。

大个子吐了个烟圈，口气稍有缓和地说：“老板，我想租用这间房，这事在你来之前我就跟房东打过招呼。”

“这……这事房东可没跟我讲过呀？”

“房东没讲，现在我这不是对你讲了吗？啊！”大个子阴阳怪气地挑挑眉头，“限你两天时间，马上给我腾出房子，不然咱走着瞧！”

这一下，王老板慌了，忙拉住大个子央求道：“兄弟，是不是给个方便，两天时间太少，你看我拉来这两大车货物，一时卖不完，再说房租也付了，你看……等这个月满了再腾，行不行？”

大个子“呸”地吐掉烟蒂，板起脸说：“不行！我不管你恁些，反正两天后来要房子！”说完，回头招呼几个同伙，拔腿扬长而去。

王老板望着他们的背影，长叹一声，瘫坐在地上。他明白：自己在人家这十八亩地头上，强龙难压地头蛇呀，不依他们自己定吃大亏。

第二天一早,店门口挂出了一张"忍疼大出血甩卖"告示。上边是这样写的:本店老板因急于出国料理亲属去世善后事务,故将在两天内优惠百分之十处理店内全部货物。

不知情的人信以为真,可附近知情人都十分清楚,这王老板昨天吃了苦黄连,今天还得装哑巴。他们同情黄老板的遭遇,再说优惠百分之十对消费者来说谁都乐意,于是一传十、十传百,你来购,他来买,不到一天半时间,黄老板就全部处理完了两大汽车货物。

王老板松了口气,与房东交涉好,按天计算付了房租,然后打点行装,天不亮就蹲在车站候车室里,准备启程了。

正在这时,工商联的几个人领着派出所民警来到了他面前,直截了当地问:"王老板,听说前两天有一伙小青年去店里赶你走,有这回事吗?"

"有。"

工商联同志歉意地说:"真对不起,我们今天早上才知道。你别走,保护个体工商户的合法权益是我们的职责,现在请你回去协助我们抓获那几个闹事的青年。"

王老板摇摇头,说:"不必了,他们并没犯法,我反而还得感谢他们,帮助我成功地搞了一次快速销售!"

"怎么回事?"

王老板笑着给每人敬支香烟,很有气度地说:"他们是我花钱雇用来的!"

"什么,什么?"几个人以为自己耳朵出了毛病,同时睁大了惊异的眼睛。

王老板耐心解释道:"按通常经营规律,这两大车服装至少得销售一个月,我即使真心实意削价处理,人们未必就相信,我用这样的手段,虽说少赚些钱,但我可一举两得,既达到了薄利多销的目的,又赢得了更多的时间,可以再去经营赚钱。不瞒诸位说,这是我新创的超常规销售法。"

　　"啊……"几个人开始像在听天方夜谭,继而蹙眉细思,对王老板异口同声道,"你的脑子实在精明!不过,你可知道,你这样做,违反了社会治安法!"

　　"啊?"王老板的脑袋耷拉下来……

(刘世昌)

香饵钓大鱼

　　赵家村有个赵宝兴,虽然只有二十七八岁的年纪,但他脑子活络,勤快能干,短短几年就从一个无名小卒成了闻名全县的养鸡专业户,连省电视台都专程采访过他。这一来,他再也用不着四处奔波自寻门路了,慕名而来的客户挤破了他家的门,养鸡场生意日见兴旺,他心里好不得意。

　　这天一大早,又有人上门洽谈生意了。来者是一个三十多岁的汉子,一脸焦急之色,见了赵宝兴就迫不及待地说:"赵老板,我是省副食品公司的采购员,叫王启明。公司由于原料不足,急需一批鸡蛋,我跑了许多地方,都进不到货,今天是慕名特地赶来这里,不知你这里有没有现货?"

　　"有,当然有啊,我偌大个养鸡场,怎么会没有鸡蛋呢?"赵宝兴热情地边递香烟边回答,"但不知你们需要多少?"

听到有现货,王启明如释重负地吁出一口长气:"我们要30万只,而且越快越好。"

"什么?30万只?"听到这个数目,赵宝兴愣了愣,说话不由吞吐起来,"这,这⋯⋯"原来这段日子他做了几笔大买卖,现在养鸡场里根本没有多少存蛋了。

王启明一见赵宝兴这副为难的神色,刚刚放下的心又提了起来,颓然地说:"赵老板,如果你这儿也帮不上忙,那我们公司只有死路一条了。"

谁知,话犹未了,赵宝兴突然打断了他的话头:"不不不,你误会了,我这儿现货是有的,只是价钱方面⋯⋯"赵宝兴向王启明投去询问的眼光。原来他是要先摸摸对方的底哇!也难怪,做生意嘛,当然得精过对方,如若不然,他也不会在短时期内从一个乡下农民一跃而成为当地屈指可数的首富之一。

王启明刚刚倒是被他吓了一跳,现在听他讲确有现货,连忙接口道:"赵老板,价钱好商量,我们可以出得比市价高一点。"

"这个嘛我知道。"赵宝兴不紧不慢地说,"不过,现在我还不能给你明确的答复,因为这批蛋我本来已和一家客户讲好了,虽说人家不急着催货,但我总得问问对方吧?"

"赵老板,"王启明重任在身,差不多要跪下来求赵宝兴了,"既然对方不急于要货,那你可不可以从中松动松动,我们实在是不能拖太长的时间,公司现在已经停工待料了。"

"那⋯⋯"赵宝兴犹豫了良久,才下决心说,"这样吧,三天之后,我一定给你答复。不过,我还是要问一句,价钱方面,你们到底能出到多少?"

赵宝兴这句话,无非是告诉王启明:价钱高一点,可以考虑;价钱太低,甭谈。

王启明直到这时方才明白,什么现货有主,纯粹是子虚乌有,赵宝兴是编着话儿给他开价哩。当即明确地回答说:"赵老板,我已经说过,我们可以出得比市价高一点,根据公司的规定,最高能出到每只4角。"

"最低呢?"赵宝兴紧问一句。

王启明说:"现在市价是每只3角5分,我们最低也能开到每只3角7分。总之,我们不让赵老板吃亏就是。"

听到对方价钱出得这么高,赵宝兴的两只眼睛立即眯成一条细线,喜滋滋地说:"好,既然这样,那咱们就一言为定,三天后我一定如数交货给你们。"

"好,三天后我准时来提货!"为了表示诚意,王启明临走时还主动留下了3000元定金。

送走王启明后,赵宝兴刚关上房门,一直在旁未曾开口的妻子张口就把他劈头盖脑一顿骂:"你这个人是疯了咋的? 咱家哪里还有鸡蛋,就连那些已经过期的蛋也不都被你卖给外地那家蛋糕厂了吗? 现在你开口就答应人家30万只,我看你是上电视上昏了头,到时拿不出来,看你怎么办?"

"嘘,小声点。"赵宝兴伸手按住他妻子的嘴巴,神色甚是紧张,埋怨说,"你怎么这么口没遮拦,那坏鸡蛋的事以后少提,免得人家找上门来,还没问你自己先招供了。"

妻子一惊,果然住口不说了。原来一个月前,外地有一家蛋糕厂急需80万只鸡蛋,也是慕名来求赵宝兴,可赵宝兴当时只有50万只,远远不足数。正在为难之际,忽然想起家里还有30万只已经过期的鸡蛋,正愁怎么处理呢。为了不失去这个赚钱的大好机会,夫妻俩一合计,把心一横,便把这30万只过期鸡蛋和好鸡蛋搭在一起卖了出去。幸亏装货那天他们请的搬运工全部都是至亲好友,所以这事儿一点都没有捅出什么娄子来。如今事隔多日,妻子突然提及此事,赵宝兴怎不心虚?

妻子还是不大放心,满腹疑虑地问:"宝兴,你难道真有办法在三天之内交货吗?"

"你什么时候见我说过没有把握的话?"赵宝兴脸上一副得意之色,"你忘了?三天前,物资公司不是说正好有30万只库存鸡蛋销路不畅,委托我们找客户吗?"

"替他们牵线搭桥?那你刚才咋不跟人家直说,也省了我们的事呀?"

"你想到哪儿去了。"赵宝兴眼珠一转,"你们女人就是头发长见识短。你想想看,这30万只鸡蛋如果我们以低价买进来,转手再以高价卖出去,这钱不是白白送给你了么?"

"哦,原来是这样!"妻子不禁面露惊喜之色。不过,女人心也细,妻子旋即就想到一个问题,"话虽如此,万一那个王启明到时又不要了呢?"

"不会的。"赵宝兴自信地扬扬手里那叠钞票,"你难道没看见他那猴急样吗?这3000元定金都留下了,还会有假?"

事不宜迟,赵宝兴匆匆吃完早饭,跨上摩托车就直向物资公司驰去。两天后,他果真以每只鸡蛋三角五分的价格,顺利地购回了30万只鸡蛋。一整晚,赵宝兴连做梦都在笑,现在就专等王启明上门了。

可是,赵宝兴毕竟不是神仙,他没有料事如神的本领。一连四天过去了,王启明一直没有露面,把个赵宝兴夫妻俩急得团团转。第五天头上,赵宝兴沉不住气了,推出摩托车就往门外跑,正巧撞上来送信的邮递员。

信是给他的。信上这样写着:

赵老板:

你好!当你收到这封信时,一定很奇怪吧?我就是那家蛋糕厂的负责人。我们真没想到,以你这样一个颇有名气的专业户,居然也会自砸招牌,做出这种坑人的事来,好在质检部门及时查出，要不然，后果真是不堪设想。事发后，我们曾想找你辩个明白，考虑到当时没有与你签过任何法律合同，只得作罢。为了不打草惊蛇，我们才想到用现在这个办法。

赵老板，你大概不会想到，物资公司有存蛋的消息是我们故意放的风吧？那30万只鸡蛋，正是你以次充优卖给我们的那批过期蛋。王启明其实是我们厂的采购员，他上门高价求货只不过是我们放香饵钓大鱼的策略而已，要不然，你赵老板怎么会再次动歪脑筋？另外，我们所留的那3000元定金，也已在买你的与你买回的鸡蛋差价中全部收回了。可以说，我们现在是谁也没有吃亏，我们追回了损失，而你赵老板也收回了自己的鸡蛋。

这种方法虽然不够光明正大，但对于像赵老板这种不讲商业道德的人来说，并不为过，只不过是一种以其人之道还治其人之身的做法而已……

信还没有看完，赵宝兴已经双腿一软，一屁股坐在了地上……

（周勇军）

智难老经理

要知道小保管是怎样巧难老经理的,故事还得从买棺材说起。

过去这里死了人都习惯土葬,土葬就得用棺材,做棺材既费木料,造价又高。有个生产队动了个脑筋,办了个水泥棺材厂,销路倒也不错。后来县里造了火葬场,棺材一下子从紧销商品变成了滞销商品,棺材厂只得转产,剩下的几口棺材就放到粮食仓库里,委托住在仓库贴隔壁的小李保管。有人来买就卖掉,没人买就放谷。

这天,小李骑着一辆崭新的永久牌自行车,车后绑着个大纸箱子,心急火燎地从镇上回来。刚到家门口,走过来一个人,问道:"哎,同志,请问这里棺材店在哪?"

小李抬头朝来人一看,说道:"这里没有棺材店,棺材倒有几口,你要买?"

"哎,我想……"

"你想买几口?"

"啊?"那个人心里很不高兴,暗想:有这种问法的吗? 你想让我一家人都死光呢,还是叫我开棺材店呀? 但是又不便发火。

这个人是谁呢? 他不认识小李,小李可认识他。

他是供销社的老经理。他那88岁的妈妈昨天晚上病故了,老太太在临死前将儿子叫到床前,说:"娘不行了,娘别的要求没有,只要求你给我想办法买口棺材,让我睡在棺材里入土。"这位老经理是个孝子,对娘这点要求当然要千方百计满足,经过打听,得知这里有棺材,于是就寻上门来。事也凑巧,一问就问到棺材店"老板"头上。

老经理是做生意出身,他想:生意人谁不想尽快把商品推销出去呢? 尤其是滞销商品,谁都希望买主多买点去。老经理这样一想,对小李的话也就不加计较,说:"我想买一口,什么价钱?"

小李说:"价格不高,40元,但是有个条件。"

"什么条件?"

"要搭的。"

"搭什么?"

"搭一口小棺材。"

"啊?"老经理两只眼睛瞪得老大,"你、你、你搭小棺材给我做什么用?"

小李笑容可掬地说:"用场大得很,可以做洗澡盆,可以当水缸,可以盛米、装霉干菜,还可以……"

"这些我都有,我不要,你为啥硬搭给我?"

"哎呀呀,你这个人老是'我我我',怎么不想想人家! 我们不搭卖不掉,卖不掉不但是经济损失,还完不成营业指标,叫我上哪里拿奖金去! 不过我们是'姜太公直钩钓鱼——愿者上钩',不强迫,你不愿搭就不买,矛盾不就解决了吗？"

老经理一听,火冒三丈:"好,我找你们领导去,真不像话!"说着转身就走。

但走了几步,他又站住了,心想:不对,我买棺材可是偷偷摸摸的,一吵一闹,万一传扬出去,那影响多不好? 再说,大热天,弄不到棺材,娘的身子会发臭的呀! 况且小棺材买回去不一定就装死人,派别的用场也可以嘛。

想到这里,他又转身回来,说道:"好,搭就搭,小棺材多少一口?"

"40 元。"

"怎么小棺材也要 40 元?"

"你放心,不会敲你竹杠的。而且不是议价是平价,有发票的。"

老经理没办法,摸出 80 元付掉,然后去雇了辆拖拉机来运,他自己匆匆回家去了。

没过多久,拖拉机将棺材运到老经理家里。

老经理一看,只有大棺材,不见小棺材,就问:"小的呢?"

拖拉机手用手指指棺材说:"在里面。"

可是打开棺材盖一看,哪里有什么小棺材? 只有一只捆扎得很好的纸箱子。

老经理想:好小子,拿只纸箱子骗我 40 元钱,我非和你算账不可! 他一拎,啊! 重得很。喔,小棺材包在里面。他感激这位卖棺材的小伙子考虑周到,你想,买口棺材搭来口小棺材,被那些有迷信思想的人看来是多么不吉利,这样一包,不就看不见了嘛! 老经理连忙叫人把纸箱抬进屋里,又将棺材从拖拉机上卸下来。

老经理料理完母亲的丧事,想起了那口小棺材,打开纸箱一看,奇怪:里面哪有什么小棺材,原来是一箱大红枣。

老经理觉得奇怪了:这小伙子搞啥名堂?仔细一看,里面还有封信。老经理拆开信一看,开头写着:

> 经理同志:你不认识我,我可认识你。今天对你态度不好,请你原谅。至于为啥要搭红枣给你,完全是逼上梁山……

老经理一口气将信读完,恍然大悟。

原来小李前天听说供销社敞开供应永久牌自行车,急急忙忙赶到镇上,到供销社一看,果然有。可是一问,说是要搭的,一辆永久牌自行车搭80斤红枣。小李一算钱不够,就说:"搭红枣给我有啥用呢?"营业员态度很好,笑嘻嘻地说:"红枣用处很大,营养价值高,味道也好,裹粽子、做八宝饭、烧糯米粥都用得着,还可燉燉吃。吃了红枣,清凉败毒,还能健脾……"小李说:"好了好了,我一无火二无毒,脾胃也很健康,我用不着红枣,你为啥硬搭给我?"营业员还是和和气气地说:"你这年轻人,为啥老是'我我我'的,就不想想整体呢?不搭卖不掉,卖不掉要虫蛀,被虫蛀掉,岂不给国家造成经济损失?再说……"小李火啦:"我、我不要红枣,我要……""你不要可以嘛,我们又不强迫,自行车不买,不就解决矛盾了吗?"

小李没法,走出供销社,到了街上,借来了40元钱,心想:搭就搭,我可以把红枣去卖掉。他买下了自行车,又花40元钱买下了80斤红枣,弄了只纸箱子,把红枣装到车后,一路叫卖回来。但由于红枣已经虫蛀,他从买来的五角一斤削价到四角、三角都没人要,跑了15里路,嗓子叫哑,出了一身大汗,连一两也没销掉。正一肚子火回到家,谁知碰上了老经理来买棺材。他想:机不可失,时不再来,我何不趁此机会把这红枣打发给老经理呢?于是就如此这般地设了这个计。

老经理看完了信,又看看供销社开出的发票,叹了口气,自言自语地说:"好厉害的小家伙!"

这时,他老婆走过来问道:"你想弄点啥吃吃?"

老经理指指纸箱说:"吃红枣,大家都吃。"

老婆一看,惊叫了起来:"怎么? 你买这么多红枣干啥? 吃得了吗?"

"怎么吃不掉,燉了吃,烧了吃,再掺到粥里、饭里搭配吃!"

老婆火啦:"我不要吃!"

老经理一挥手说:"不要吃也得吃,吃了健脾,吃了清凉败毒!"

(吴炎秋)

谁在卖假货

安全街是一条商业街,不长,仅二三十个个体摊位,大多是卖酒的,因而被称为"酒街"。

一天,酒街上又来了一户名叫王一丁的青年,也开了一爿酒店。王一丁的酒店与其他人开的酒店有些不同,从零拷酒一直卖到名酒、洋酒,可谓是凡能叫得出名的酒,在他这爿店里都能买到。

这一来,可让早先在这条酒街卖酒的老板们不悦6了。现在生意已经很难做,见又来了位卖酒的,他们便纷纷商量,要挤走王一丁。不久,酒街上便到处在传,说王一丁的酒店卖的都是假酒。这样一来,没人再敢去王一丁酒店买酒了。

王一丁不知内情,依旧早晨开门,晚上关店。然而时间一长,王一丁才觉得有些不对劲了,便去看看其他酒店,顺便讨讨经验。一看,才看出些门道来,发现酒街上酒店里的酒,价格都比自己便宜了许多。王一丁为使酒店生意有所转机,也采取降价措施。心想:如此一来,生意总会有所好转。想不到,仍旧少有顾客上门。

一天,王一丁看见店外走过一位提着空酒瓶的顾客,便热情地上前招呼。谁知那位顾客说:"谁要买你的假酒!"王一丁听了气得差一点昏过去。不过,顾客的话倒使王一丁悟出了些经商的道道。

第二天早晨,酒街的酒店却纷纷开门了,奇怪的是,平时开店最早的王一丁酒店却迟迟没有开门。其他酒店的老板认为终于制服了王一丁,不禁高兴起来。可正在这时,忽见王一丁走东家、跑西家,神秘兮兮地传播一个消息,说是今天工商部门要来打假。这时,那些老板们才弄懂了王一丁今天不开店的秘密,不一会儿,酒街上的一些知名的酒店也关了门。

王一丁见昔日生意兴隆的那些酒店都关门了,他便打开店门做起生意来。这一天,王一丁的生意非常兴旺,直到天黑还关不上店门。

王一丁正忙着做生意,那些关门的酒店老板冲进店来,气呼呼道:"你这个王八蛋,竟敢虚张声势说工商局来打假,害得我们不敢开店,想不到你是想独揽生意!"

王一丁笑嘻嘻地说:"你们不是说我在卖假货么?今天我想用这个方法检验一下,到底谁在卖假货。"王一丁说到这儿更是理直气壮了,"我卖假货的都不怕打假,你们卖真货的何必吓得不敢开店?"那些老板听了王一丁的话,顿时语塞了。从此以后,王一丁酒店的生意火爆起来了,因为顾客们从王一丁不怕工商局打假中,领悟到了他卖的货不会有假。

(诸连标)

计赚贪财迷

　　这故事在当地流传很广,对故事中人物,尤其是那个"刘大豆腐"的儿子刘秉旭,人们褒贬不一,众说纷纭……

　　话说太阳村的汪仕财近日跟老婆离了婚,他独自跑到南方半个月,便盯上了一种最新刷墙涂料的生产技术,并和传授技术的厂家签了合同,只要花两万元的技术转让费便可由他生产、销售。汪仕财的老婆离婚后,扔给他三间空房,足可以当厂房用,可是,那两万元技术转让费却没法落实。他人缘差,跑了东村跑西村,好话说得无其数,却一个子儿也没借着。

　　这工夫,他正躺在床上发愁呢,不想有人把钱送上门来了,你说邪不邪?

　　开门进来的是一位五十上下的中年人,他自我介绍道:"我叫刘秉旭,是这儿的老户,'刘大豆腐'听说过吧,那是我爹。"

汪仕财自然知道刘大豆腐,眼下他住这三间瓦房就是买了人家的草房,后来翻盖的。他以为当年房钱没讲明白,来了讨账的。可对方笑眯眯地递上一支烟,说:"兄弟,我送你一万元,跟你核计点事。"接着,一捆崭新的百元大钞"啪"地放在炕上。

汪仕财眼光一亮,随即又镇定下来:平白无故送钱,哪有这等好事?肯定有文章。他盯着刘秉旭的脸,等他的下文。

果然,对方沉不住气了:"兄弟,我就是要在这儿干点事,需要你把房子和菜园腾出来,最多两个月,也可能几天,达到目的就走。怎么样?"

汪仕财怀疑是做梦。但他这人城府深,心里乐得不行,脸上却不改颜色:"钱你先收回去,这事,我明天想想才能定下来,可以么?"

对方一笑:"当然可以。不过,咱们要公证一下,免得日后发生争执。"

话到了这个份上,汪仕财更犯了核计:什么事,白送我一万元,还怕我反悔?他一夜未睡,想了好几百种办法,只等明天姓刘的再来,与对方来一番斗智。

第二天夜里,姓刘的刚坐下,汪仕财便说:"不行,那事别核计了。"

刘秉旭果然着了急:"你嫌钱少,好商量。给你两万怎么样?这可是到顶的价,不能再加了。"

汪仕财心想,果然不出我所料,这里面有文章。他决心把戏继续演下去,便端出早已买好的烧鸡、炸鱼,摆了满桌子:"老哥,人生难得有缘,咱买卖不成仁义在,来,先喝几杯再说。"

那刘秉旭当真经不住诱惑,先说不吃不吃,屁股却紧往桌前挪,这就你一杯、我一杯地喝上了。

刘秉旭不胜酒力,几盅下肚,舌头发硬。

汪仕财趁机问他："老哥，你要这地方，可是想毁我的房子，还是要生产假烟假酒？"

这一问，刘秉旭火了，唠唠叨叨地说："我毁你房子干啥？假烟假酒犯法，咱不干！咱靠劳动致富。"

汪仕财继续给对方斟酒，刘秉旭越喝越兴奋，到底把实话给抖落出来了。原来，抗日战争时期，杨靖宇将军率众英勇抗日，受到了海内外爱国人士的敬仰，他们纷纷募捐，凑成一笔巨款，支援抗联。但侵略者既歹毒又阴险，他们实行归堡子政策，把群众强迁集中大屯，不准与外界往来。这一来使得抗联有钱也买不到粮草，处境万分困难。杨靖宇将军决定，把这笔巨款深埋，待有机会再取出。后来将军殉难，极少数的知情人也都在激战中牺牲，这些深埋在地下的巨款便成为一桩谜案。

有关这笔巨款的传说，汪仕财也听说过。当年杨靖宇的确率部队多次在这一带活动过，难道那巨款与这房子、菜园有关？

刘秉旭压低声音说："我十来岁的时候，跟爹挖土，挖出一个小洋铁罐，里面装的是金条。我不认得那东西，可记得爹当时脸色煞白，千叮万嘱不让我说出去。不久他把房卖掉，带我和妈去了南方。再后来，他失踪了，近几年才有消息，原来他偷渡出境，成为富商，后来死于肝癌。我想，爹肯定是挖着那笔巨款了，只是没敢多拿。如果把它挖出来，那……哈哈！"

汪仕财的心"突突"狂跳。就在他身边的某一处，埋着成堆的金条！你刘秉旭花花肠子多，凭两万元便想独吞恁多财宝，没那便宜事！他把喝得东倒西歪的刘秉旭架出门去，便又躺在炕上想起主意来。

过了一天，刘秉旭再次来商量这事，汪仕财说："要干，必须咱两人合伙，得到对半分。可是，我最近有大事要办，你真有诚意，我处理完大事再说。"

刘秉旭无奈，只得点头答应合伙。他临走时告诉汪仕财：

"老弟,你有事尽可办,但不要瞒着我独吞那笔财富。否则,后悔药没处买去。"

汪仕财眼珠一转:"你说的那些金条,到底埋在哪个部位,咱俩现在就挖,岂不省事?"

"兄弟,我傻吗?多少年的事,怎能记准?再说,起码得签份合同,我把它找地方搁着,万一挖出金条珠宝,你把我害了,那合同会成为破案的依据。"

从这天起,汪仕财坐火车跑出一站地,在那边租了一间小屋,每天早出晚归,对外说,出去办事,其实,白天他在那小屋里倒头就睡,把精神养足了,晚上就回家去实施他的挖宝行动。

汪仕财准备了很多编织袋,当做挖土的工具,待到夜深人静时,挖出土一袋一袋地往仓房里送。为了避免漏掉宝藏和避人耳目,汪仕财挖得很深,他把泥土扛到仓房里,天明时,把挖的坑伪装好,在小园里种上菜。他整夜下苦力地挖,就像挖地道差不多。后来他想出办法,挖过的地方,可以用来装土,这样,省去了往仓房运土的力气。汪仕财越干越会干,越干越卖力。

可是,姓刘的也挺难缠,他过几天便来找汪仕财打听,事情办得怎样?啥时共同开发那笔财富?汪仕财只好和他应酬,姓刘的虽鬼,但也没瞧出什么破绽来。

汪仕财与刘秉旭唠叨喝酒时,也常常拐弯抹角询问宝藏到底埋在哪儿,知道个大体方位也中。老奸巨猾的刘秉旭到底让汪仕财套出了实话,他含糊其辞地说,在菜园的北半部。

这一说,差点把汪仕财气死。因为他辛苦了三个月,刚好从南半部动手,那北半部还没动呢。假如他当初从北面动手,那宝藏岂不是早挖出来啦?

汪仕财不灰心,不气馁,仍旧夜夜挖土不止。可直到他把整个菜园全挖了个遍,也没发现一点宝藏的痕迹!

　　汪仕财精疲力竭地躺在炕上琢磨,是不是那个刘秉旭记错了地方?如果真是这样,那干脆,两万元卖给他算了!汪仕财这才记起,姓刘的好长时间没上门纠缠了,他到什么地方去了?

　　汪仕财决定,把园子卖给刘秉旭,白拿两万元钱,重新实施他一度中断的特种涂料的生产计划,只要该项目一投产,要不了两年,他照样成为大亨。

　　但万万想不到的是,汪仕财发现当地大小商店已陆续出现了那种涂料,商标名称:无敌牌。一看厂址,就在本县。

　　汪仕财绝望了,他一直寻到那家涂料厂,想看一看夺他饭碗的那位竞争对手是何许样人。推开经理办公室大门,他一愣,沙发上端坐着的,正是要与他合伙挖宝的刘秉旭!

　　刘秉旭哈哈大笑:"汪老弟,怎么样?挖到宝藏了吗?你小子够毒的,听说有宝,竟把我稳住,夜里独自干。可是你上当了,我就是利用你这种心理,骗你放弃生产涂料的计划,现在我抢时间把这种涂料生产出来了,并且已经打开了销路,你已无力和我竞争了……"

　　汪仕财顿时眼前金花飞舞,昏了过去。

(顾文显)

经营绝招

你想要达到什么目的,就要把所有的力气,所有的手段,所有的条件,所有的一切,都花上去,要钉住不放。

只卖『三百碗』

　　清朝乾隆年间,苏北东台县城西十字街口有家"沈记"小吃店,专营"宫廷小吃"鱼汤面,门头挂着一面招旗,上写"只卖三百碗",意思是:每天只卖三百碗鱼汤面,卖完为止,多一碗也不卖。实际上,这三百碗鱼汤面每天不到半天就卖光,去晚的顾客吃不着,只好等第二天再来。

　　一日午后,来了三个山东客商,要吃鱼汤面,老板只好打招呼:"明天请早。"

　　山东客商不解:"贵店的鱼汤面货真价实,我们慕名而来。你们店的面这么好卖,为什么每天不多卖些呢?"

　　老板说:"客官,我们都是生意人,打开窗子说亮话。我们东台有句俗语:'少吃多滋味,多吃无滋味。'当你撑饱肚皮、饱嗝连连时,再让你吃美味佳肴,你还想不想吃?"

山东客商恍然大悟,说:"老板高见! 正如我们山东的俗话说:'饥饿好下饭'。即使是糠菜饼也抢了吃,不用说鱼汤面了。"

老板点点头,说:"三位客商言之有理。如果世上的金银财宝像石头那么多,那么有谁愿意去捡呢?"

这个小吃店的老板,采用"欲擒故纵"的手段,吊起顾客的胃口,保证了小吃店的生意始终红火。

（吉茂青　搜集整理）

千里运黄沙

清末,河南唐县有位富商,人称肖公,他经营几十艘大船,在唐县、襄樊、汉口一带做水运生意。

当时,这一带商船很多,但都没有肖公的生意好。船户们见肖公只赚不赔,生意愈来愈火红,都很眼馋,因此都把眼睛暗暗盯在他身上,见他贩运啥货物,都争抢着运啥,一拥而上,很快就把他的生意弄得清淡起来。

肖公觉察出这样下去对他很不利,就想出了一个法子。

这天他当着很多船户说:"不瞒大家说,我这些年财发足了,钱赚腻了。俗话说:钱多生灾。所以我想做笔赔本生意——明天我要装几十船沙运到汉口去,你们谁想跟着干就来吧!"

众商户一听都傻了眼:乖乖,这真是开天大的玩笑!唐县离汉口一千多里,往返需个把月;这武汉沿江到处是沙,偏从这里启运,这不是找赔是干啥? 你肖公财大气粗吃得起赔,我们怎么能拿小拇指比你的大腿呀! 于是人们都不敢学他的样子,眼睁睁地看着他把几十船沙运走了。

肖公真的要做赔钱生意吗? 当然不是。

原来他早就派人打探到,当朝皇上要派一名官员到汉口巡察。按当时惯例,地方官员拜见朝廷要臣时,要黄沙铺地,以示隆重。而且汉口的地方官又特别喜欢巴结上司,不惜花钱把迎宾礼仪办得越堂皇越好。汉口虽临长江、汉水,却尽是粗沙,地方官看了很不满意,可到远处去运又来不及。肖公推算出了钦差到达汉口时的准确日子,又认准唐河一带的沙质最好,所以他运的沙一到汉口就被当地官员看中,不惜出高价全部收买。

肖公独家经营,一本万利,硬是赚了大钱,把一趟生意给做绝了。

(张果夫)

自罚炒鱿鱼

这天下午,久华经贸总公司各部门十几名中层干部刚刚上班,就接到总经理办公室的通知,说是今晚六点半,总经理孟传文请他们去餐厅赴宴。

接到通知的人都吃了一惊,因为他们知道,上个月公司的效益明显下滑,按惯例,总经理在此时请客,十有八九是要在这个非同寻常的宴会上,用一盘鱿鱼不声不响地辞退他认为工作不力的下属。

距离开宴的时间还有十分钟,接到请帖的中层干部们便提前来到餐厅。十几人坐在餐厅四周的沙发上,嘴里不断地打哈哈,互相说着毫无味道的闲话,可他们的心里则是十五只吊桶打水——七上八下。

　　时针刚刚指向六点半,总经理在副总经理陪同下来到餐厅,只见他神情严肃,脚步沉重。大家见他这样,便断定今日宴席上,有人即将被炒已成定局。面对十几个从沙发上肃然起立的下属,总经理点了点头,待大家入座后,一桌丰盛的宴席摆了上来。席间,总经理一言不发,只有他的助手副总经理强作笑脸,替总经理向大家劝酒。

　　每一位赴宴者都心跳加快,血压升高,唯恐在宴会结束之前,会有一名服务小姐按照总经理事先的吩咐,将一盘倒霉的鱿鱼放到自己的面前。

　　果然那个让人心惊的时刻到来了。只见总经理突然转过头去,向餐厅门口发出轻轻的一声咳,接着就见有个手托方盘的服务小姐飘然而至。赴宴者瞪起一双双惊恐的眼睛,死死地往服务小姐手里的方盘看,那盘子里果真盛着爆炒的鱿鱼卷儿。

　　人们的心一下子蹦到了嗓子眼儿,个个暗自祷告苍天,不要让那盘鱿鱼放到自己的跟前。

　　手托方盘的服务小姐紧绷着脸儿,围着餐桌缓缓绕了一圈儿,当她经过某人身后时,那人便吓得闭上了眼睛,冒出一身冷汗。

　　终于,紧张得近乎窒息的中层干部们听到方盘与餐桌相碰的声音。人们惊诧地发现,那盘爆炒鱿鱼居然摆放在总经理孟传文的面前。

　　当大感不解的人们面面相觑、纷纷猜测时,只听总经理又轻咳一声,随后便发出严肃而凝重的声音:“各位同仁,上个月公司的效益下滑,乃是我的责任。因此,我决定自炒鱿鱼,并自罚做清洁工一个月,在此期间,由副总经理代行我的总经理之职,请诸位支持,拜托了。”总经理说罢,双手抱拳,极其谦恭地向大家行了一礼,然后站起身,出门走了。

　　第二天,人们看到孟传文将总经理办公室的钥匙亲手交给副总经理,然后脱去西装革履,换上粗布工作衣,拿起抹布扫帚,做起了清洁工。

孟总经理这一举动,立即引起了公司上下的轰动,人们无论如何也想不通,这位身价近千万元、声名显赫的孟总经理会自炒鱿鱼,而且做起了清洁工。

转眼一个月过去了。当副总经理将一纸统计表送到孟传文手中时,孟传文细细看了一遍,脸上现出了微笑。

孟传文如期复职了,他上任后的第一件事就是召开公司各部门负责人会议。首先对大家在过去一个月工作中所做的努力表示由衷的感谢,接下来便向大家说明他为何要自炒鱿鱼,自罚做清洁工一个月的道理。

原来上月初,当孟传文发现公司经营状况不佳时,便思索效益下滑的原因,在于几位主管部门的领导不力。按常理,总经理须将不力的负责人横向调动一下,或者干脆炒他的鱿鱼。但孟传文却认为:人无完人,要选择一个能够完全称职的部门负责人不容易。但眼下最佳办法不是调动和炒鱿鱼,而是要挖掘他们的内在潜力,使他们在一种即将失去饭碗的危机与压力下自强起来。于是,他便想出并实施了自炒鱿鱼的办法,那小小一盘鱿鱼果然向中层干部们击了一猛掌,使他们感到自己的不足与压力。因此,一个月内,尽管孟传文对公司的事不闻不问,但出席那次宴会的中层干部们,回来之后对自己掌管的部门工作却越发尽职尽责,充分发挥积极性和创造性。结果是,公司的效益从此好转。

于是,这里的商界便传开孟传文自炒鱿鱼的故事。

(吴　祥)

无偿扫地板

　　有一家大型百货商场经过紧张的装修,两天后就要开业迎宾了。

　　这天,年轻的商场总经理陪两鬓斑白的董事长到商场视察开业前的筹备情况。董事长弯腰在亮晶晶的地板砖上摸了一把,看了看,满意地称赞道:"卫生打扫得真不错,应该对负责卫生的工作人员表扬奖励。"谁知年轻的总经理却不好意思地笑了笑,低声说:"董事长,这里的卫生不是我们商场人员打扫的。""什么?"董事长听了一愣。

　　年轻的总经理告诉董事长,几天前,一个老实巴交的中年汉子手拿一把推把,肩扛一只沉甸甸的大麻袋,闯进刚铺过地板砖的营业大厅。保卫人员见状,马上上前大声喝斥,叫他离去。谁知中年汉子解开麻袋,倒出一堆锯末,弄得保卫人员一时摸不着头脑。这时,只见中年汉子从衣袋里掏出一包洗衣粉,然后又提来一桶水,把洗衣粉均匀地洒在锯末上,泼了一点水,拿起推把在大厅里来回推起来。约摸过了 20 分钟,大厅地面顿时显得格外洁净明亮。中年汉子做完这一切后,收拾好东西,默不作声地走了。以后,他每天都要如此这般来一次。

董事长听后,哈哈大笑,说:"他一定是来推销锯末的。如果效果可以,就跟他谈一谈。"

正巧,中年汉子又来了。董事长和总经理站在不远处,目睹了他工作的全过程。董事长把中年汉子叫到跟前,亲切地说:"师傅,这几天你辛苦了。我也是生意人,你的良苦用心我明白。这样吧,你有多少锯末商场全要下,咱们可以签个长年合同,你还可以当个技术指导,薪水另计。"

中年汉子先是感激地笑一笑,又轻轻地摇摇头。

年轻的总经理不解地问:"你到底想干什么?"

那人低声说:"我想无偿向贵商场提供锯末。"

"啊?"董事长迷惑了。

那人继续说:"贵商场开业后,生意一定很兴旺,每天当然会有许多包装货物的废纸箱。本人想与贵商场签订一个长年回收废纸箱的合同。"

"啊——"董事长恍然大悟,用欣赏地目光看了看中年汉子,然后朝年轻的总经理打个手势,用不容置辩的口气道:"成交!"

半年后,中年汉子拥有了市区大大小小二十余家商场的废纸箱回收权,当地报纸、电视台称他为"回收王"。

值得一提的是:每袋锯末的价格仅一元钱,一家大型商场每天最多需要十袋,而每天的废纸箱却能装一卡车。可见这位中年汉子经营之道之高了。

（刘金涛）

旧机换新机

侠商王老五喜欢四处周游,助人为乐。几乎每天,他总会留下一段传奇故事。

这天,他来到西丰城,正在街头悠哉游哉闲逛,手臂突然被人一把从背后抓住,回头一瞧,原来是当年在云南插队结识的老朋友袁进。

两个人热烈拥抱之后,袁进死拉活拽定要请王老五去餐馆涮一顿。走进餐馆,三杯酒落肚,袁进便哭开了,说道:"老五,你要救救我! 一定要救救我! 看在当年一个锅里搅勺把子的份上,一定救救我!"

王老五忙问:"老弟,咋回事? 犯案了?"

袁进说:"比犯案还惨。我错估了形势,盲目贷款一千万,进了一批全自动洗衣机,谁知本市洗衣机已饱和,好孬各家都有一台,我的货压库了,可每天要给银行背利息。别看我是本市有名的大老板,也是头号穷光蛋,我的会计告诉我,我现在已经穷得连上吊的绳子也买不起了。"

王老五开玩笑道:"老弟,别哭穷了,今天这餐饭我埋单好了。"

"老五,你还看我笑话,不太残忍了吗?"

"你想咋样?"

"你为我出个点子,让我转危为安。老五,你今日不赐教,我不会放你走的。"

"容我想想……"

王老五沉思许久,从容说道:"老弟,本市消费者不是不想鸟枪换炮,而是旧的没法处理。旧的不去,新的不来,是么?"

"是这样。"

"你一台'全自动'多少钱?"

"1850 元。"

"那好。你在报纸和电视上发个广告:本公司开展以旧换新销售业务,不论啥牌号的旧洗衣机,皆作价 300 元,用户可以旧换新,补差价 1550 元。旧机你可以 100 至 500 元的价格销往农村。我保你全卖光,还可多赚一笔钱。广大消费者也会满意,他们的家用电器又上了一个档次呀!"

袁进拱手相谢。不久,他的全自动在全城走俏,先后进了三批货,不但还清银行贷款,还净赚三百多万元。

(丁　文)

www.ingramcontent.com/pod-product-compliance
Lightning Source LLC
Chambersburg PA
CBHW060830120626
46557CB00001B/441